U0137798

潘热作品选集 2

[法]罗贝尔·潘热 著

帕萨卡利亚舞曲

杨令飞　曾俊杰　译

湖南文艺出版社

图书在版编目（CIP）数据

帕萨卡利亚舞曲／（法）罗贝尔·潘热著；杨令飞，
曾俊杰译. —长沙：湖南文艺出版社，2024.3
（潘热作品选集；2）
ISBN 978-7-5726-1276-3

Ⅰ.①帕… Ⅱ.①罗… ②杨… ③曾… Ⅲ.①长篇小
说-法国-现代 Ⅳ.①I565.45

中国国家版本馆 CIP 数据核字（2023）第 219281 号

著作权合同图字：18-2023-202

潘热作品选集 2
帕萨卡利亚舞曲
PASAKALIYA WUQU

著　　者：[法]罗贝尔·潘热
译　　者：杨令飞　曾俊杰
出 版 人：陈新文　　　　　责任编辑：唐　明　张　璐
特约编辑：陈美洁　　　　　装帧设计：CANTONBON
出版发行：湖南文艺出版社
印　　刷：长沙超峰印刷有限公司
经　　销：新华书店
开　　本：787 mm×1092 mm　1/32
印　　张：2.75
字　　数：50 千字
版　　次：2024 年 3 月第 1 版
印　　次：2024 年 3 月第 1 次印刷
书　　号：ISBN 978-7-5726-1276-3
定　　价：20.00 元

（如有印装质量问题，请与本社出版科 0731-85983015
联系调换）

帕萨卡利亚舞曲

ROBERT PINGET

PASSACAILLE

寂静。阴沉。没有一丝骚动。机器里一定有什么断了，却没有显露出来。座钟摆放在壁炉上，指针指示着时间。

似乎有人刚刚进入阴冷的房间，屋门关上了，这是冬天。

阴沉。寂静。似乎在桌前坐了下来。冻到麻木，直至夜幕降临。

这是冬天。花园里死气沉沉，庭院中野草丛生。似乎数月没人来过，但一切井然有序。

道路顺着空荡荡的田野延伸。几只乌鸦飞来飞去，或许是喜鹊，看不太清楚，夜幕就要降临。

壁炉上的座钟用黑色大理石制成，钟面加了金箍，镶嵌着罗马数字。

几个小时前坐在这张桌子边的人，被发现死在粪堆上，他应该不会感到孤单，一个守卫正看着他，这是个可靠的农夫，他只在一个阴冷的日子见过这个死者一面。那天农夫走近百叶窗，透过窗缝，清楚地看见那人弄坏了座钟，然后精疲力竭地倒在椅子里，肘靠在桌上，头埋在手中。

如何相信喃喃的低语，耳朵已经失灵。

一个矩形的、铺着路石的、井然有序的庭院，四周环绕着老旧的建筑，北边的入口是一扇白木门和两丛粉色绣球花；南边靠里一点，在谷仓和猪圈之间，是一个鸢尾花坛，春天里妖媚多姿，住宅朝西，东边则是一片榆树林，庭院中央立着喷泉，呈圆池状，废弃了，喷嘴饰有狮头羊身龙尾的怪物像。

故事本该于这一时刻之前早早开始，但出于谨慎和小心，在此恐怕只能展示两三个情节，事情的起因则始终不得而知，这喃喃的低语在沉默和打嗝之间时断时续，几乎难以察觉，因此似乎可以不予重视，将整个故事始于座钟被毁坏的那一刻，拿不定主意。

春季的一天，刚从阳光明媚的户外归来坐到桌前，突然他感到一阵乏力，刚摘的一束鸢尾花从手里滑落到地上，继一阵无知觉的状态之后，他捡起花，把花插进座钟旁边的一个花瓶里，差不多几个小时后便是下一个季节，这不由让人猜测这束鸢尾是晚熟的品种，不得而知，也许是红门兰吧，一束盛夏时节的红门兰，当田野上各种鲜花盛开的时候，有人见他摘了很多拿回家，他是个什么样的人呢，这样用鲜花来装饰他的住宅，是孤独让人溃败，激情难以名状，还是种种癖好，谁也不知道，谨慎。

只在必要时他安排邻居充当几天守卫，毫不解释自己的这种癖好，获得丰厚报酬的邻居并不反感，他守着那人，嘴里叼着烟斗；他的妻子会来轮换，一边看着羊群，一边弯腰织毛线。她总是低着头，没有瞧见……

寂静。阴沉。尸体趴在粪堆上，邻居家的孩子放学归来时在小榆树林间看到了。小孩靠近，轻轻地碰了碰这具毫无生气的躯体的肩膀，便急忙跑回家找他的母亲。天黑下来了，父亲在菜园里干活，他们叫上他，一起回到那个地方，这么一来，那具躯体已经僵硬了。

他把头埋进双手。确切地说，这不是身体不适，而是意识的暂时丧失，几个小时下来，麻木，起身去花园里散步，没有打开百叶窗，因为那时天色已晚。他看见小榆树林间放学归来的孩子，也许和他打了招呼，驱散惹人腻烦的回忆，恍惚间他绕过一口井，穿过一片苜蓿草地，向着一片收割过的玉米地走去，已经是冬天，接着是甜菜地，一直走到森林里。

于是邻居和妻子、孩子一起去确认，天渐渐黑了，他们带着手电筒，当他们看见尸体的时候，邻居说，我们把他搬回他家去吧，你抬这只手，我抬那只，他们一直把尸体拖进房间，让他躺在床上，女人开始出汗，现在应该通知镇政府，男人说我去吧，咱们把这儿的门关上，我会再回来的，你带孩子回去弄点吃的，他都饿了，他不是第一次亲眼看见死人，女人和孩子离开了，他关上门，钥匙插在锁上，他回过头用手电筒对着关好的百叶窗照了照，确定没有任何事件泄露的迹象。没有任何证据，没有任何人会知道房主曾经在一个灰蒙蒙的冬日回来看过，把钥匙插进锁眼，重新打开门，谁都不会知道，谨慎，然后往镇子方向走去。

道路顺着空荡荡的田野一直延伸。几只乌鸦飞来飞去，或许是喜鹊吧，看不太清楚，夜幕就要降临。

机器里有什么断了。

在他翻看的那本书里，有一张老照片让他饶有兴致，古怪的人，莫名的情感，低语声渐渐小了，他开始再三回味那些没有快乐的日子，和医生的对话，在铺着石子的庭院里来回走动，孤独。

对于要穿越田野的人来说，想找到三公里之外的道路困难重重，必须涉过这个季节满是泥浆的土路，再从左边绕过被水淹没的牧场，然后穿过一片与松树林相邻的沼泽地，一个奇怪的地方，荆棘丛中到处是鸟的骨头和羽毛，当大自然在耕地重振威力的时候比原始森林还要可怕，接着向右转，艰难地穿过废弃的驯马场，一排排刺篱和翻耕过的松软空地。

邻居在一个阴冷的早晨下到镇子里去告诉机修工，他那辆拖拉机陷在田里，启动装置一点反应也没有，昨晚他花了整整一夜的时间修理发动机，但无济于事，其实他对此一窍不通，机修工会用拖车把拖拉机给拉上来，又一笔该死的花销，夏天这台机器已经产生过同样的费用。

前一天晚上，邻居借着手电筒和防风灯的光捣鼓发动机，防风灯先是放在座位上面，然后放在左前轮上，保持着平衡。

弯着腰正织毛线的牧羊女人被她丈夫的到来吓了一跳，他开玩笑说了一些话比如您的心绪不宁，听不清他在说什么，女人笑了起来，咧着没牙的嘴，双颊红得像小苹果，她的两只小眼睛颜色不一样，人们说她狡猾。

沿着森林边的土路，走到积水很深的沼泽前停下，不得不拐一个约一公里的弯才能到达树林，在松林小山冈的左边隐约可见大约一百米远处陷入泥潭的拖拉机，继而是公路上机修工驾驶的拖车。后退动作。唯恐被人看见。

然后开始阅读，几个小时，几乎冻到麻木，在这个封闭的房间里，夜很黑，除非贴紧百叶窗缝往里看，没有人会料到他会在这个季节出现，牧羊人早就带着她的羊回家了，连邻居也已经从镇子里返回，已经是冬天，天开始下雨，可以听见最初落在庭院石子路面上的雨滴。

尸体在粪堆上。

机器里有什么断了。

如今庭院长满了草，还有旧的石子路面留下的印迹，不过建筑物之间的比例仍然美观，要不是北边多了个铁皮货棚，东边还有些小榆树，井口少了一些石块，几乎没什么变化，一只不警觉的眼睛可能什么也看不见，可意识却不允许弄虚作假，好日子已经结束，看似轻盈的孤独变得让人难以忍受，还有被翻开的书里的老照片，透过宽大的百叶窗缝，屋外的人在灯光下似乎可以清楚地看见这间阴冷的屋子里把手肘支在桌上的书迷，他已经不动了，座钟的指针从钟面上垂落下来。

当他们同镇长和医生一起回来的时候，门还是开着的，他们看见那人倒在桌上，书跌落在地，他们想抬起这具已经僵硬的尸体，他们把他放在壁炉旁的扶手椅里，尸体蜷缩着，歪斜着，大家似乎在等尸体放松些，幸亏天冷还没有气味，邻居妻子收拾了床，办理手续的期间让他在上面躺上几个小时，由于没有遗属手续会简化，他们在桌子的抽屉里发现了一份没来得及交给法官的遗嘱，他们暗自想着里面会有什么内容，那些楼房一文不值，而另一座乡间的废墟可能价值不菲。

守卫似乎在榆树林边发现了什么，等了一阵，在树林通往谷仓的出口处伺机而动，但再也没有任何迹象，他走上前看了看，没有任何人迹，夜幕伴随着幻觉即将降临，谁知道那晚他们的客人们会走多远，需要保持警惕，不能出一点差错。

他和医生曾有过深切的友谊，多年来，他们谁也离不开谁，一起在森林中漫步直到夜幕降临，一起坐在炉火边谈心，这些不算什么，他们还彼此信任，一起走过了大半路程，突然间一个死了，而幸存者突然觉得自己很陌生，没有了任何爱好，壁炉里似乎再也没有火了。

守候在篱笆旁的农夫说他看见机修工驾着拖车沿着大路向沼泽驶去，他还寻思这不会又是邻居的机器犯老毛病了吧，那机器是去年买的二手货，除了麻烦没给邻居带来别的，但他总也没换新的，也许是吝啬的缘故吧，他了解他，年纪轻轻的时候就吝啬，但他并不是要抱怨，机修工对此也无可指摘，排除故障是他的工作，他向跟在身后的徒弟打了一个手势。

一些画面应当被放大，去除瑕疵，使之黯然褪色直至它们的根本区别显得模棱两可，让一个溃败又充满侵略性的世界得以浮现，这是他给自己在这张桌上规定的任务，几年来无忧无虑的冰冷宅子里，一切都具有忧伤的腔调，一些夜晚则是恐惧，黑夜的幻觉让记忆的暗示荡然无存。

旁注的工作。

接着是医生，那天早上大约十点他就去了主人的家，就为了跟老朋友一起度过这一天。那个时候他几乎没有什么病人，他快退休了。可他什么人也没见到，便待在了屋后南边的露台上，从门口望去他没看见主人，以为他是到沼泽边的小树林或者森林里散步去了，中午前会回来的。打算充当几天守卫的农夫应该是十点半左右经过小路，在庭院里见不着人，便朝厨房方向走去，他进厨房把女仆要的鸭子放在桌上，然后待上一会儿，在桌子的抽屉甚至饭厅的大壁橱翻了一阵，大壁橱是主人放文件的地方。

寂静。阴沉。几只乌鸦或是喜鹊被沿小路行驶的拖车发出的噪声惊得四处飞窜。天灌了铅似的，路上道道霜迹。

阴冷房间的那张桌子前，主人重新拿起书，在空白处记下一句低语，没人能听清他说什么，黑暗，黑夜的幻觉，故事将保持神秘，外部毫无破绽。机器里有什么断了。

而他的女仆晚上七时来到阴暗的房间，打开灯说道，您还好吧，别告诉我您还在工作，能这么胡思乱想吗，先生，让我收拾桌子，她把文件推到桌子的左边，他起身把火拨旺。

某些画面必须去除瑕疵揭露情节深层次的溃败、困境，然后渐渐获得短暂的平息，多年来的工作，从未如此浓郁的黑暗，噎住的幻觉，当夜不再被期望的时候才突然来到。

细致讲述他想象中的死亡故事，随着时间推移而夸大，在某些夜里变得悲惨或者动人，炉火旁，桌上的烧酒瓶，以至于当医生睡在摇晃的柩车上时，另一个人还在往他的记忆中添加新的情节，这些情节成为下一次评论的对象，或者他在睡觉前从最终版本里删除了，但是梦重铸一切，打乱次序，讲述者明天没有足够时间让叙述真实可信。

守卫看见机修工并没有去沼泽而是朝相反方向走去。医生在露台落座之前先绕着房子走了一圈，他曾试图从厨房进去，而厨房关着门。这一天可能是女仆出门的日子，正值收获的时期，正午阳光暴晒下的露台此时给人一种窒息感，医生将太阳伞竖在金属桌子的中心，自己躺在蓝色条纹的折叠式帆布躺椅里，他从客厅里拿出那本有老照片的书，随手翻着，卖鸭人在庭院里叫唤起来，医生应了声，他便过来把鸭子放在桌上。

从露台上下来，向着河流走去，穿过层层叠叠的花园，第一层土台的梯子左右两边有几个玫瑰花坛，花坛中间有一个由底座托起的花瓶，用浅浮雕印着神话故事，每个花坛边上种着一圈黄杨，紫杉占据了方形的四个角，一排栏杆将第一层和第二层分隔开来，在第二层花台上，一些水池代替了花坛，每个水池中间都有一个喷泉，周围的柑橘林两端环绕着森林之神和仙女的半身像。

在桌上旁注一句空洞的话，关于无须激情即可重温的幸福，仿佛这是理所当然的……

女仆端上汤，主人心不在焉地喝着，他正说着自己从城里搬来，这已是第一百次重复，这时外面有人敲门，他去开门，是一个小孩拿来一只鸭子，他给了小孩两个硬币作为酬劳，把他打发走了，他又叫女仆把鸭子放进冰箱，女仆清理了桌子，主人在书上旁注……

朝向花园的外立面很好看，楼上有六扇窗，屋顶是板岩的，同材质的几座塔楼分列在似乎领主才拥有的住宅周围，神经衰弱且吝啬的房主在宅子里等得心焦。

寂静。阴沉。几只乌鸦或是喜鹊飞过一片

甜菜地，停到榆树上栖息。

主人在露台的铁桌上编织他的回忆，他从市中心搬到海滨或者森林边上的小镇，不得而知，医生在下面的土台上踱步，秋季，空气微蓝。

如果我知道，他说，如此努力结果这么痛苦，编撰月刊一般写我的回忆录。但医生安慰他说，这项活动和其他活动一样，甚至还多了点别的，文学光环，没有什么可心焦的，众多他所认识的生命都以令人遗憾的方式来结束，归根结底他拥有一切的必需品和消遣，消遣很重要，如果没有森林中的漫步，没有壁炉旁有趣的闲聊，没有女仆的照顾，他该怎么办呢，在露台上第一百次重复晴朗的秋天，他们喝着咖啡，医生快睡着了而另一人在估算法式花园下面建一个地下温室造价多少。

或孤身一人，冬季的一天倒在阴冷房间的桌子上，壁炉里没火了，门朝着坍塌的建筑物中间杂草丛生的庭院敞开，风轻拂过榆树林，邻居的孩子放学回来了，夜幕降临。

女仆说道，先生再怎样还是让人来修座钟，我一直不知道时间，我总是会起晚，他就回答修您的生物钟去，总之您要问医生，古老的玩笑，她返回厨房，随时准备上菜，他继续阅读。

这几年在漫无目的的等待中过去然后不再等待，最后人们指着他，妈妈们告诉她们的孩子如果他们不乖的话就让老家伙来吃掉他们，他戴着帽子穿着皮靴，黄色，或是红色吧，分辨不出，重新踏上通往沼泽的小路，消失在驯马场的拐角处。

他反复思考了这个关于尸体的故事，并对此表示赞同，对事关时间和孩子的问题还在犹豫，但这并不重要，还有什么比粪堆更合适。

他在一个阴沉的日子到来，进入厨房，没有打开百叶窗因为夜幕即将降临，他穿过客厅，发现桌上凋谢的花束和书，打算过一会儿再读，然后他通过庭院来到花园走了一圈，在粪堆上发现……一切非常合乎逻辑并且圆满。

在两次醉酒之间编织回忆，事情的起因不得而知，在城里林荫道约会时，春天这样的短暂，没完没了的搬迁追求无谓的东西，现在夜晚的恐惧，低声的呼唤，即使在微弱的灯光下也涌现的幻觉，一种无穷无尽的忧愁。

此去经年是那些深刻的巨变。

遍布鸟骸的沼泽。

女牧羊人在十点左右赶着她的羊群出去了，六只灰黑色的牲口，她蹒跚地沿着小路向沼泽走去，马扎夹在胳膊下，头上戴着黑头巾，狗在她身旁蹦跳着，这只捕鼠狗只顾去咬牲口的腿弯而忘记了自己的职责，他们消失在驯马场的一角。这是十二月一个寒冷的微蓝的日子，有霜，污泥干硬。开着拖车从反方向驶来的机修工似乎是在离沼泽地较远的地方遇上他们的，鉴于老妇人的步速这很难解释，但在乡村片刻的疏忽足以使时间观念含混不清，甚至足以改变行人本身的步速，你起先见到他们蹒跚而行或是沿着街边溜达，但片刻之后就看不见他们了。

过了一会儿她缓过劲来，朝着看不见的小镇方向张望，一片微倾的坡地与地平线相接，几只乌鸦或喜鹊飞过，停在榆树上休息，一些凤头麦鸡在耕地上觅食或飞向沼泽地，当小狗看见拖车在约一公里外出现时便开始吠叫，在这个偏远之地出现的运动和声响都非常罕见，它差不多跑了二十多米，老妇人叫住它，然后重新上路，拖车随即消失在路面回落的驯马场的另一端，沿路吃草的山羊活蹦乱跳地重新上路，撒下一路粪便和咩咩声。

花园里，医生绕着花坛走了一圈后，坐在折叠式躺椅里看起那本旧书，手上拿着杯茴香酒。卖鸭人通过一个小门从底层土台来到花园里，他是从沼泽方向过来的，因为他告诉医生说，我看见机修工开着他的拖车上来了，我赌又是邻居的拖拉机，为什么要购买出状况的设

13

备，他总是这样。一只胡蜂掉进了茴香酒杯里，医生趁势问道，您想喝茴香酒吗，喝一杯吧，您知道上哪儿去拿。于是那人去了厨房，拿了一杯酒回来说，怎么回事，女仆不在，今天不是星期四吗？医生向他解释说她现在正参加三天前被发现死在粪堆上的邮递员的葬礼。卖鸭人说我料到了，我的意思是他会有这样的结局。他醉了整整一天，因为他这几天在郊区送货并不知道死者的消息，他是养殖户，每周三总是开着他的小货车去装货或者送货，都是些用谷物喂养的上等家禽。他小口喝着开胃酒，一边说，您看看，我在这个地区不停奔波，怎么说，很奇怪我有些心不在焉，有时觉得自己在别的地方或是在另一个季节，就忽然间我身处寒冬的路上，这种感觉维持不久，我该为此担心吗？您怎样看呢，医生？医生回答说，要注意你的肝脏，来让我看看，我给你量量血压。

没错，心不在焉，有什么断了，就像他刚才所说的发生在另一段时间，或者说话的并不是他自己，天啊真复杂，抑或是路程太长的缘故，因为他经常长途行驶，或者他的专注程度不够，或者这种长途行驶只是发生在其他地方，开着不知是谁的小货车……您哪天到我那看看，医生又说了一遍，他们品尝着茴香酒，

14

一个为这种怪病感到头疼，另一个则在夺目的光线下眯缝着眼睛，欣赏底色微微泛蓝的风景，延伸到天际的森林、油菜地和绿胡桃树。

主人会在一点钟左右回家，他经过一层层花园走上来，看见露台上的这两个人，问候过便坐下，自己倒上一杯茴香酒，对在此时此刻见到医生感到奇怪，他并没有准备午饭，但这没有关系，他们可以将前一天的剩菜和着美味的沙拉一起吃。卖鸭人大约在一点十五分离开，另外两人又喝了整整半个小时的酒。主人说他一直走到了沼泽地还看见了拖车，医生微笑着说，你无疑是赶巧了，早上发生的唯一的事，就是那辆陷入泥潭的拖拉机或是我不知道的什么事情，大家都在议论，好像是件大事，因为他来的时候碰到了另一个邻居。

女仆实在没耐心等那两个醉鬼，她来到露台说，先生可以用餐了，过时的客套话使医生感到好笑，鸭子要焦了，这该不是我的错。

待在阴冷的房间里翻书，十二月的晚上，座钟标记着女仆的时间，雨点不住地击打着庭院的石子路面。

四月的阵雨，清洗过的花园，地下温室的设计方案，乌鸫的两声鸣叫唤醒了童年的记忆，一切都将在春天复苏。

喃喃的低语在沉默和打嗝之间时断时续。

15

接着另一个人也走了，在白日将近的时候有人或许在沼泽地那头又见到了他，人们是从谈话声混杂交错的咖啡馆里得知这一消息的，不仔细听是跟不上这些对话的，再加上劣质酒精，所有这些混合成一种相似的嗡嗡声，无论是冬天还是夏天，以至于人们可能会……

　　或许是在一个交织着粉色和蓝色的清晨，女牧羊人在驯马场前折回，踏上了通往镇里的公路，她在园圃围墙和谷仓之间的一个隐蔽的角落停下脚步，为的是躲避穿堂风，她织着毛衣，而身旁的捕鼠狗在麦秆堆上轻快地蹦跳，它跟老鼠、昆虫、影子，还有自己的尾巴嬉戏，突然它飞快地转了个圈，接着又转了半个圈，突然停下来，朝什么东西嗅一嗅，再跑到女主人身边，女主人在它脸上拍了拍，它从来什么也学不会，羊群正在啃篱笆，老妇人起身吆喝，用棍子威吓羊群，她步履蹒跚地挪动，顾不上正织的毛衣脱线了。

　　她回家的时候碰见了从沼泽地回来的主人，他似乎对她说，天气很冷，你有没有注意保暖，她回答是或者不是，听不清楚，只是看见她做了一个含糊的手势，想象得出她红得像小苹果似的脸和微笑时咧着没牙的嘴，但很难把握细节，他们聊了其他的事，有一分钟左右吧，他给她指了指沼泽地的方向，就见他们分手了，那时大概是一点钟，吃饭时，天色已经暗了下来，不一会儿又下起了雨，现在别想指望有个正常的季节。

记忆的暗示荡然无存。

又一个黑夜，又一次关上百叶窗，又是那种永不干涸的呻吟，直达耳朵深处，使人们难以听见表面的骚动。

仍然是在粪堆上以悲剧结尾。有人通知了医生，与死者的预料相反，他表现出真切的悲痛，他感到非常震惊，他呆立在屋子中央，眼睛一直盯着蜷缩在扶手椅的尸体。女邻居把他搀到一张椅子边，强行让他坐下，然后去厨房煮咖啡。

而邻家男孩极富想象力，他是一个敏感的孩子，容易受影响，以至于他似乎把一个被风吹到粪堆上或是被主人放置在那里的人偶当成了一具尸体，他并没有接近那东西，而是告知了父母，等他们一到现场……

黑夜，昨天、明天的幻觉，思想上有一丝瑕疵就会死亡，如同身处室内，一扇窗户开向荒芜或空寂之地，人们靠不可推卸的家务琐事来逃避窗外的风景。

安排的守卫在树林后面似乎看见有人靠近，在这个湿冷刺骨的清晨绕过房子。他挪动位置监视厨房入口，什么也没有，然后慢慢地靠近建筑物，兜了一圈，除了一把秋天遗忘在长凳南侧的已经生锈的整枝剪之外，没有任何痕迹，他把剪刀放进了自己的口袋。

守卫，一个声称自己正遭受难以抑制的神经性痛苦的狡猾农夫。

而另一个人则多年来从自己的窗口监视着主人……

寂静。阴沉。一只老鸽子在谷仓顶踉跄。一个水洼在杂草丛生的庭院中央铺展。南侧是一小簇光秃秃的李子树。

医生像一只老鸽子在收容所的操场上步履蹒跚，或是他感冒了，护士逼他裹上毯子，主人来看望他，两支蜡烛的时间，这个身体虚弱的人嗫嚅着表示抱歉或是回忆起某些往事，听不清。

这时女仆突然出现，她说，您别假装您在工作了，我看见您在窗前窥视。

时间上有些错乱。

母亲在颠沛流离的车厢里。到了一处他们特地选的郊区小花园。直到这一页已经翻篇的某一天，人们已经想不起她还是年轻女孩时裙上的雏菊花纹。

清晨在树林的角落驻留的守卫用手揉了揉双眼，看见粪堆上的一具动物尸体，四脚朝天，腹部裂开。

18

邻居的孩子在沾有血迹的那片小草坪上嬉戏，无名的恐慌，此时别处所有的鬼魂似乎最后一次迁移进了记忆的褶皱里。

为一句空洞的话语旁注。

他们被霉菌所侵蚀，成群结队拖着身躯，或攀上横梁或通过活板门潜入地窖。

事情的起因不得而知。

为了尽力捕捉混杂在两个嗝之间的喃喃低语，他首先在还年轻的时候就磨练了自己的听力，然后弯道超车使听觉逐渐丧失，在既定时期之前导致严重的耳聋、耳鸣、头晕和头痛，但是靠着意志，就像一位集市上的音乐家，重新谱写了一首帕萨卡利亚舞曲。

寂静。阴沉。

从主人家送完鸭子出来下行的路上，卖鸭人和他的小货车跌进了一道沟渠中，他在下面足足困了一个小时，直到放学的孩子们发现他并去报告宪兵，宪兵通知了机修工，然后和其他人一起费力地托起那辆车，噢，往上吊，司机最终被救了起来，他只是有一条腿骨折，邻居提出用车将他送到医院，这人像女人般呻吟着，出乎人们意料，他是那样健壮，只是偶尔才做手术的医生说医院的护理不是最好的，在这种情况下有必要做一次全面的检查，头部可能也受到了撞击。后来也就是在晚上，机修工在咖啡馆里解释他操作的情形，每一次都这样做，不是第一次了，他开着拖车出来，但人们不知道他讲的是小货车还是拖拉机，太远了，说话的人和倾斜的机器发出震耳欲聋的噪声，可以寻思那些习惯于此的人会从中得到什么样的益处，但在我们这里寂静和沉思并不很受赞赏，嘈杂声以无线噪音、温柔的歌曲和其他干扰的形式深入最偏僻的屋宇。

然而在白雪、骤雨和阵风中的花园正不动声色地准备着相当简单的惊喜，陈词滥调和孩童的欢愉……

书掉在阴冷房间的地上。

或是整枝剪忘在了长凳上。

或是女仆的记忆像惯用的收敛剂一样。

几只乌鸦呱呱地飞来飞去，不祥之兆。他在思索自己是否违犯或是遗漏了什么，良心永远不会安宁。露台上的医生抬起看着报纸的眼睛说，你回想一下这些飞着的乌鸦，出现在一月份还是二月份，就此不幸似乎降临到镇上，永别了完美的计划……

几只乌鸦或是喜鹊。

第一百次重复。

得去除瑕疵的画面。

女牧羊人数着毛衣织了多少针，后来就睡着了，她的山羊走近沼泽，在食欲与好奇心的

20

驱使下大胆进入，陷落泥沼，跛脚的她在夜里才赶到。夜幕降临，此时机修工钻进了咖啡馆。

以为自己孤身一人的主人从椅子上起来，走到壁炉前，犹豫了一分钟然后弄坏了座钟的指针，古怪的动作，只是第二天他又想起来，为了不引起女仆的注意，他马马虎虎地将指针粘在钟面上。

而另一个人离开百叶窗缝又绕着树林走了一圈，经过横躺着两臂交叉的人偶的粪堆旁，再次拉住儿子的手，两人一起向牧场走去，天空苍白而清澈，嫩草上覆盖着白霜，路面上的坑结着冰，时值隆冬，冷到你们缩着头蜷在上衣里。

陷落泥沼的羊群。

这些片断有什么用处。

过去的面容、名字、话语在他的记忆中渐渐被抹去，仿佛浩大的流亡浪潮……抑或说……空无一人一物，灰蒙蒙的气氛预示着黑夜的降临，他最终拿着抹布躲在炉灶后面，非常安静的角落，一边梦想鲜肉汤一边挠着肚皮。

而另一个人则离开百叶窗缝又绕了树林一圈，他看见有人朝着沼泽方向跑去，怎么跟上呢，夜幕正在降临，他再次拉着儿子的手经过躺着一头死奶牛的粪堆旁，这头死牛留下一块清晰的污迹，他们有些怀疑可能是有人宰了这头奶牛，但找不到任何理由质问谁，为什么要怪罪于这头牲畜。它死于寒流，没有任何伤痕，女老板一直在说这是头好奶牛。

一种由来已久的妒忌，父亲解释道，他与女老板、年轻女孩和邻居都交往甚密……或是别的事情，比如有人怀疑别人往自己的牛奶里掺了水，耻辱和怨愤交织在一起，奶牛代替老板被毒死了。

走近死去的奶牛，他用自己的小折刀割下它的乳房，经过邻居家谷仓的时候将它扔在那里，天色阴沉，从厨房的百叶窗透出一丝光亮，里面没有一点声音。

那具残缺不全的尸体，前裆血淋淋的。

这些本该是过渡的日子仿佛被另一种审视的光芒照亮，一种泰然预示结果的方式，因为这需要很长时间，总是误入歧途，努力又有什么用。

城里的林荫道。树木之间的种种假象。想象的门微开的缝隙间飘荡着微白的爱情，每个礼拜日都以赞美诗的音调来诱惑你。从腐烂到下葬，骨骼清理得如此之快，这不足为奇。

女仆端走汤又用盘子盛了一块牛乳房。他们咀嚼起来。牛奶，顺着他们的下巴流了下来，还有少量的血。

现在再说说女牧羊人吧，女仆端着咖啡说，我曾看见她等待小货车的到来，她借口喘气在路上逗留了很久，但你们知道她，狡猾的女人，而她没有带狗这件事你们认为是偶然的吗，完全不是。主人想起曾见到狗在草场上活蹦乱跳，医生总结道，我们看见的一切都是预先想象得到的。

故事依然神秘，外部毫无破绽。

后来他在阴冷的屋子里对事情重新考虑了一番，之前他曾轻率地断言只对此作过片面的思考，他精疲力竭地倒在椅子里，神情像小丑，耷拉着双手，鼻子很红，眼泪背后那种痛苦而又莫名其妙笑声变成了打嗝，没有什么可解释的，否则……女仆折回来，打开灯说道，您不会和我说。

旁注的工作。

喝过咖啡之后，他恢复了镇定，接着写他的回忆录，找寻着细枝末节，整一个下午，白日已尽，为了这份月刊，耗尽精力，这时女仆端着汤再次出现，先生可以用餐了，还是固定的节奏，陈词滥调，依然是钢琴独奏的改编曲，但是发生了什么事，什么也没发生，车载着大批走投无路的人开始流浪，他们有一天会到达，在清晨打开窗帘发现……

在温暖的房间里两个朋友端着酒杯回忆起往事。精美的餐具挂在墙上，古老的家具被女仆擦得发亮，豪华的房子，眼前没什么忧虑。外面日头西沉，云聚集起来，在天黑之前将会下雨。院子里的最后一只母鸡返回了鸡窝。人们听见珠鸡的鸣叫。几只乌鸦或是喜鹊在邻近的田野上飞来飞去，准备在一棵榆树上栖息。一辆拖拉机从耕地驶上公路，在驯马场拐角消失。邻居那边传来斧头砍在木砧上的声音。

仿佛编年史的这些时刻不计其数……

而另一个人离开百叶窗缝步履蹒跚地赶上了她的羊群，吹哨唤她那只在草场嬉戏的狗，从草场返回时她说看到拖车上满是血迹，她从小路绕过，但她后来还是看见粪堆上有一大群乌鸦，同她可怜的母亲去世的那年一样，在树林背后还有一个同样的影子，看不清楚，那影子跑着返回通往镇上的道路，所有这些都是不祥之兆。

因为必须利用一切机会，赶在出发之前，借助最微小时刻的暂时平静，仿佛可支配的时间很少……

从主人家送完鸭子出来，开着小货车驶上通往城中心的公路，他遭受的明显的身体不适使他立刻停止了驾驶，这是听了医生的建议，起初这让他恐慌，后来他两次将车停在路上，几天后他解释说他似乎反方向再走了一次那条路，却记不得什么时候。

主人在露台上拆解座钟的机械结构。

水池里倒映着天上的云，难以辨认。

为一句关于幸福的空洞话语旁注发现的虚假的喜悦。

但是梦重铸一切，打乱次序，立遗嘱的人明天没有足够时间让文件真实可信。

这些片段有什么用处。

重新回到能看见粪堆的露台上。

那具残缺不全的尸体，前裆血淋淋的。

而另一个人离开百叶窗缝走了回来，绕过树林，发现固定在小灌木上的人偶，他把假人拆下来，然后扔在粪堆上，驾驶拖车经过的机修工向他喊了些什么，听不清，这人沿着沼泽继续走着，在驯马场拐角看见了医生，他向医生走去，他们之间相距约五十米，不过到那里的时候没看到人，他再次登上小货车带着他一贯的幻想重新行驶在这条习惯的路线上。

城里的林荫道。想象的门微开的缝隙间飘荡着微白的爱情。

守卫似乎看见他冲出房间跑到路上，为了找当时就在他眼皮底下快要睡着的医生，他一直到了沼泽地，踏过污泥，直到一片松树林，这里的树枝上悬挂着白骨，他坐在下面，翻开书至上次的那页，发现了一句他弄不明白的旁注，花了好多心思在这条注释上，他要在大雾初起的傍晚之前溜走，随后天将放晴，他必须回了，找到正打呼噜的人，重新叙述，守卫理不清脉络。

他马上说这不可能，他把拖车刚好停在人偶下边，在此期间没有一个人碰过人偶，这应该是在天黑之后发生的，但女邻居说这个时候他躲在篱笆后小便，此时另一个人取下人偶但没有把它放在粪堆上，他拿起人偶，距离太远没人能看清他在干什么，仿佛他正牵着儿子的手似的。

牵着儿子的手穿越沼泽地，像是玩偶一样男孩脚不沾地，在夜幕降临的雾色中能隐约看见他们俩，他们从松树林的另一侧进入，穿行在鸟骨之中，这个画面被刻在书里，还有悬挂在灌木上如守护神般的白骨，鸟嘴，萎缩的翅膀，鸟胸骨，纤细的爪子，这一页让人心惊胆战，让人记忆犹新，绝不会被翻篇。

第一百次重复。

覆盖天空的云朵在水池里难以辨认。

或是谷仓凹处的回声，半个字半个字重复喃喃的低语，音节重叠出现，停留在窥探的耳朵里……

原路返回，转弯，再转，再回来。喃喃低

语，占卜的套话，反复说。

在阴冷的房间里，主人，这个钻研子虚乌有延续自己生命的炼金术士，身披一条旧的格子花呢长巾，翻着书，做着旁注，手持放大镜胡思乱想他在池水表面发现的形态，某种轮廓、某种书法、某种空白，是消散的雾气，模拟的线条，残存的字词，他的存在像是脱节一样，在下面一层形成了一些相似的空间，足以在不受磨损的情况下移动，就像守旧又顽固的溜冰者持之以恒在上午坚持自己的癖好。

在通往那边的路上是黑压压的一团，起初是在爬行或是滚动，看不清楚，而后像一堵墙似的立起来，无声无息，雏鸟四处飞窜，田鼠藏匿起来，毛茸茸的窝即刻间散落瓦解，一群乌鸦飞过，田地里灰蒙蒙的，天空失去色彩。

在通往那边的路上黑压压的一团在行进，这是个身材高大的人，看不清楚，一靠近，可以区分出是两个叠着的人，再靠近，可以认出是一个农夫和一个防麻雀的人偶，他停下来，雏鸟不再鸣叫，他来到葡萄园并将假人竖立在一株小灌木上，又用绳子把它绑在灌木枝上，人偶伸展双臂，脑袋耷拉在一边，像是一具已经僵硬的尸体。

驯马场里一个身影在移动，一直攀上坡顶，坡度平缓，停下来观望，躲藏起来，在更远处重新出现，顺着小路向下滚，然后缓慢前进了五十米，尚有时间看见夜幕完全降临，过后还能发现这个人双臂交叉平躺在粪堆上。

转弯，再转，再回来。

在树林后面打盹儿的守卫听见树枝的折断声，睁开眼睛，黑夜明净而寒冷，他站了起来，给枪装上子弹，钻进树丛中，看见从百叶窗缝透出的一丝光亮，向窗子靠近，贴着百叶窗，主人回来看看，正在毁坏挂钟，这里似乎几个月没人来过，房门紧闭，一切井然有序。

接着他对女牧羊人说主人是回来看看的，就着百叶窗缝透出的光线，他靠近窗口，不过主人应该是又睡了，因为里面没有人，房门紧闭，一切井然有序，此时小孩突然到来，嘴里嚷着什么，听不清楚，邻居的拖拉机是在天黑前经过的，发出隆隆的响声，小孩会在从学校回来时看见粪堆上……母亲让他上床前询问了他，但怎么相信一个调皮蛋，想象力太丰富了。

他回想起房子从前的布局，庭院四周环绕着老建筑，几乎不复存在，但在里面有一张桌子和摆放着黑色座钟的壁炉，钟面上加了金箍，镶嵌着罗马数字，他从未看见它动过，但或许听到过，听到过，在什么时候……

一只老鸽子在谷仓顶踉跄。从庭院中间的喷泉一直到通向沼泽地的小路都可以听见汩汩的水声，但靠北边，也就是谷仓那边却什么也听不到，必须有更大的声音才能激起回响，奇怪的是这时他想到在另一个方向最轻微的声音都有回响，哪怕是一次断裂，一声低语，或者只是医生提起不知在多少年之后，一个多愁善感的坏脾气老人，和另一个人之间不复存在的友谊。

难以名状的激情。

大清早便绕着建筑物转，为的是捕捉此时从小鸟鸣唱声中滑过的极其微弱的杂音，有时会发现守卫在隐蔽处睡着了，便往他肩膀上一拍将他唤醒，对方则嗫嚅着连声道歉，然后去喝他的果汁，主人继续他的巡视，察看那些不引人注意的角落，通常要发出一声呻吟测试谷仓的回声，返到他耳朵里已然微弱，幻觉顿消，随后他返回住处，在厨房低声哼着歌曲的女仆端来一杯咖啡。

为一句空洞的话旁注。

倒在桌上，丧失意识，医生急忙和女仆把他抬到床上，当他再次睁开眼睛，他又提及飞翔的乌鸦，当女仆给这个可笑的家伙准备最后的热汤时，他会写下一句话，对即将转世有益，一个警告，她送来汤但那人已经死亡，医生待在隔壁房间里哭泣，这下可完了。

黑夜虚幻的神秘消失殆尽。

城里的人们在议论这一事件，他们都说认识死者并对那么长时间没有见到他感到奇怪，人们还记得他童年和青年时期某些本该值得怀疑的行为，如今施行巫术，或者管它叫什么，还可信吗？小学教师说这仍是某些地方的习俗，他研究过各种古怪的词语，吉祥物、邪眼、护身符，一桩一件家族里的古老回忆，我们并不清楚这些是祖辈的故事还是儿时的噩梦，似乎它们仍沉睡在人们的意识中，好吧这个东西不管叫什么在今天显露出来，有一些证据表明这对民众来说是一种真正的危险，我们在受它摆布，是巫术或中世纪的……怎么说才准确，创造巫术书和爱情滤镜的虐待狂在集会，足以让人颤抖。

另一位女邻居是菜市场的菜农，在一进市场右边角落里摆摊，货品不是最新鲜的，她一直往里塞腐烂的番茄或是熟透的水果，开始讲述她的小女儿变得古怪异常已经好几个月了，她整日钻进教堂或者墓地，脸色很差又没胃口，问她，她却心不在焉答非所问，比如在内裤上发现别针，要不就是教理书藏在枕头下面，原本欢快的小女孩一下子变得忧郁和谨慎了，另外我相信她所说的一切，她在找钱给杂货店时搞错了会哭泣，而且更为严重的是她向她父亲提一些关于死亡和婴儿尸体还有长生不老的问题，你们看我丈夫，他每天晚上都跟我说这些，他坚信应该带女儿去看看医生，哎，那边不正常的东西一直传到了这里，如同流感或口蹄疫一样的传染病，她是这样说的。

或者是管道工，从某个时间开始，他修的所有管道在同一地方堵住了，他闭眼都能去的地方，一种他从没见过的蘑菇顺着排水管或是虹吸管之类我不知道的东西生长，尤其使人不安的是顾客总是在八点至八点十分这段时间给他打电话，他不能满足需求，他曾听新区的同行说过同样的事儿，这里面有可疑之处。

还有另外一些人们平常似乎没有注意到的迹象，比如两个正在交谈的人短时间内在同一个词上磕巴。

说话还是沉默，准确还是不准确，讲得太多还是讲得不够，这个问题似乎正是小学教师在他关于悲剧的讲座中所要告诉我们的，只是那时我们好像并未从中领略到什么神秘之处，我们以为这是法语专家该做的事，像每个人一样有意识地做自己的工作，我们不要怀疑，我再说一遍，在某种程度上这件事情与我们每个人息息相关，谢天谢地，只是我们的幼稚让我们看不到哪怕是无足轻重的一句话都是在恐怖深渊的边上嬉戏，没错，这次事件让我们对之类的东西深信不疑，这人有一种力量，他秘密行动但从不介入任何人的生活。

而另一些人把这些微妙的事情当作无稽之谈，主人早就是个骗子，不断装腔作势制造不和，人们还清楚记得他年轻时的不道德行为，不只是表现在口头上，他还参与了一些不正当的交易，你们还记得那所谓的古董生意吧，都是用崭新的物件做手脚。

或者这些事情毫无关联，人们是在胡思乱想，应该让水从最低处流过，生活也将继续，人们既不会更聪明也不会更富有。

一些陌生人驾车经过公路，他们在邻居门前停下来，能看见他们和女老板交谈了一会儿，接着又在另一家前面停下，当时没人，他们又缓缓离去，他们肯定是在找寻什么东西，此时他们碰见一个从地里回来的人。

从一系列证据人们得知他有时会接待一些城里来的人，但每次来的人不一样，汽车也不一样，有人会出于好奇记录下汽车的牌号。

所以表面一点也没有改变，工作照常进行，我们依然有烦恼与开心，生活，然而一种深层的机械结构将被启动并破坏我们的建筑、我们辛苦垒高的麦秆堆的根基，没有一种力量、没有任何抵抗能够战胜它。

或是平常似乎没有注意到的迹象。

传染病和口蹄疫事件已经使他们有所警

觉，管道工补充说，这一切会导致什么结果？我们必须采取法律行动，但是被告失踪了，对谁采取行动，只是相继发生一些奇怪的事，比如管道堵塞和猫吃掉自己的幼崽，或是讨厌的事，比如对耕具征收附加税也不在地区报纸上公布用哪种方式，总之这些蠢事堪称灾难，但同时也要留意……

这时邻居、他的妻子和孩子一起去认人，正在粪堆上喘气的是邮递员，他有遗传性疾病，随年龄增长日趋恶化，必须把他送回家，幸好机修工开着拖车经过，他们叫住他，将这个不幸的人抬起并将他平放在车上，他们用车把他送回家，他的妻子见到后立刻说，好了，他早上去酒吧我就知道会这样子，总是这样，但他去沼泽地干什么，你怎么啦说呀，她向病人问道，他眼前发黑，不能回答，她和机修工一起把病人抬进房间，在那里除了喂他吃药和等待之外没别的事可做，她已习惯于此。

他似乎能从窗户看见这一幕，窗子朝向这边，但在平时这个时候他常向沼泽地方向走去散步，女仆似乎什么也没听见，厨房朝向东面，但是这个从来没有人经过的角落传来了发动机的轰鸣声……至于医生，当时他并不在那儿，他应该是十点左右到，春天里，晨雾已经渐渐散去。

33

谨慎，谁也说不准。

桌上有束枯萎的蓟和毒芹，秋天时插的，乡下人的消遣，每年这时节回到家里，凉爽的夜晚，壁炉里有火苗，一种霉菌和温热炭灰混合而成的气味，在寒冷的夜晚长时间思考仍然摆在那的书，书正翻到有版画的那页，此时窗户突然砰砰作响，风猛地吹入房间，里面空无一人。

不可能，守卫说，我才看见主人回来查看，他在花园里转了一圈，然后进去，没有打开百叶窗，因为天色已晚。

钻研子虚乌有延续自己生命的炼金术士。

邻居到镇里通知机修工一辆拖拉机陷在了他的田里，是谁的车，没有驾驶员，不是我们家的那种型号而是最近出的，我们什么也没听见，耕种的季节已经过去或者还没有到来，他提醒其他人，他们也不知道，没有一个人了解情况。

或许是前一天傍晚，我看见一个游客在手电筒或是防风灯的照射下自行修理敞篷汽车的发动机，随后重新朝树林方向驶去，女老板说，一个城里人知道怎么修理吗，我敢打赌不会。小孩也在那里，他好奇地张望，说机器是德国或者美国的牌子，总之它是红色的，受损的顶篷是黑色的，代替后窗的云母或塑料已经不见了。

他朝森林方向行进，但他提前改道，驶向一条土路来到了沼泽边，他下了车，观察到水位异常，接着步行绕了近一公里到达松树林，因此他不是一个普通的游客，他对这个地区很熟悉，但为什么这么晚来这里呢。

至于女牧羊人，她已经回来很久了，至少六点钟，在日落之时，除非这个季节她没赶牲畜出门，天太冷了，她因患风湿病而完全不能动弹，母山羊待在羊圈里，没错，最好向周围邻居打探，因为从巫婆那里得不到准确的消息，她可能会……

雾气的消散，模拟的线条。

沉醉在阅读中，几个小时，打着寒战，快要看不清轮廓，夜幕降临，快要看不清线条，困倦，女人就在这时将羊群赶回羊圈又回到岔路口，她像是丢了什么东西，织针或是手绢，她跪在地上，在浅草地上摸索，机修工下行时似乎看见了她，他停下车隔着车门问是否能帮她什么，她站起来，笑了笑，嘴里没牙，两只小眼睛颜色不同，人们说她狡猾。

她应该看见了粪堆上的尸体，她应该是在一米远的地方经过，因为她沿着篱笆回家，正在关百叶窗的主人向她道了声晚安，她没有回答，她聋了吗？这是一种在我们这里普遍存在的缺陷，尤其是在女人身上，除非他什么也没说，他刚起床，还睡意蒙眬，一天都用在反复回想一些片断，清晨才睡下，整夜游荡于他的卧室和厨房之间。

美好的日子已经结束。

他们会同镇长，医生一起过来，他们查看了死者，尸身已经僵硬，裤子和衬衫沾满了粪便，他可能倒下后一直爬到那里，最后在砾石上他们发现了爬行的痕迹和红白格子手帕。女牧羊人在壁炉旁，两只不同颜色的眼睛在房间里四处搜寻，她说我不久前见过他，就在晚餐前，日落前他坐在长椅上，这是他的习惯，他在做梦或是睡觉，根本看不见我们。医生出于礼貌为所有人煮了咖啡。外面谷仓顶在月光和寒气之下闪闪发亮。

而此时遗嘱被发现了，真有意思，这是医生在房间进门右手边角落的柜子最上一格抽屉分拣文件时候掉落出来的，多有意思，他看见一个蓝色信封上写着"我的遗嘱"，突然想到作为死者的密友他是不是唯一被允许有权打开它的，他犹豫了，他想他不懂法律，但对死者的关爱之情却是最深的，考虑到文件可能会落入坏人之手，他打开信封，在里面又发现了第二个乃至第三个信封，他告诉自己要小心，里面可能有很重要的东西，他不知道怎样向公证人解释他的感受，但上天知道他确实不是胆小怕事和夸大其辞之人。

于是他把几个信封交给了公证人，这是与法官有关的特殊文件，我们得把文件交给法官，这样做之后，争议出现，应该弄清条款以减少失误，总之，拖延六个月首先确信立遗嘱的人是头脑清醒的，专家们犹豫了很久，事情看起来很奇怪，但是证人们，尤其是女仆都可以证明他神志清醒，遗嘱上提及的受赠人，是一个已经去世的侄子，他也只剩下一个侄子，在此期间同样去世了，天知道立遗嘱人是怎么推理预料到了这种情况，总之经过印证之后终于确信医生是死者心目中的唯一受益人，为什么不直接写明，并指定财产，这样一来还得考虑是否真的存在财产，死者把他的一生都用来调整一种在逻辑上不容置疑、无懈可击的肯定和否定的体系，似乎是为了逃避⋯⋯

他的存在像是脱节一样。

女邻居说她看见女牧羊人沿着篱笆走着，而主人关上了他的百叶窗，但在这时一辆路过的敞篷汽车来了个急刹车，从车里出来一个人，他朝放着人偶的小灌木丛走去，他可能是想小便，她转而注意那辆汽车，看不清楚，车头灯射出耀眼的光亮，一直照到了谷仓，接着司机回来上了车。这引发了人们的想象推翻一切。她断言人偶已经不见了，并用双手担保，就在假人在天空显现轮廓的那一刻，甚至连她也真以为是一个人，因为简直太像了。

　　游客下行来到镇里，他停下车进了咖啡馆，要了杯茴香酒。服务生看了看他那双沾满泥土的胶靴，便问他是从哪儿来，或者只是想他会是从哪来的。他非常仔细地观察了靴上的黑泥，一只靴筒上沾的是沼泽地的草茎，不会错，游客似乎对那片沼泽地有着某种兴趣，但是哪种兴趣呢，不管怎样他是没有所有权的，因为这片地归市镇所有，这就是大家不能从中获利的原因，这片沼泽原本可以排干，附近的田地原本可以再度开发，好像以前这里所有的角落被开垦过，这就是我们的时代，大量政策性浪费之类的事，您不要告诉我说这一切都不是政府所期望的，为了从别处获得必需品，想方设法同外地交易，天知道他们得了什么样的好处。我们的情况不妙，而熟悉那些陈年旧事的主人说山坡上曾有一座领主的宅院，现在已没有别的痕迹，只有一座坍塌的墙壁和一段地道，我们小时候还猜测它是罗马的还是西哥特的，都不是，它的历史仅仅始于三世纪前，不过已经不错了，所有这些都证明古代人也不是很笨，他们发现了这个极佳的位置，从中获得了食粮和财富，我们都非常想知道这位有产业的领主是谁。至于那个满脚淤泥的游客在喝完茴香酒之后又出发了。

在被疯狂所占据的永无休止的早上。

不错，从某种意义上说同医生的这段友谊带着幼稚的特点，听着两人谈话时人们似乎会产生疑问这不是两个小孩吗，除了患气管炎的老人喉咙发出的咕噜声和颠三倒四的话语，他俩说的全是蠢话，他们无话不谈，包括他们的梦，最平淡无奇的事情，或他们在晚上小便了几次，或是他们的母亲说的话，或是重新浮现的爱的记忆，或是喝下一两杯茴香酒之后消失殆尽，当然听听是很有趣的，如果不考虑无端的指责和不满，类似我跟你说就是你，整整一天，给你的感觉是……

黑夜的幻觉，昨天的，明天的。

得去除瑕疵的画面。深入编排的夜晚，每次衰退均有其托辞。

施行巫术，中世纪的，小学教师说你们很愚蠢，现代人怎么会关心这些东西，都是弄虚作假和对轻信的利用，你们见过玩杂耍的从他们的袖子里变出鸽子吗，这也是一样的伎俩，就是灵巧而已，把有怪癖的老人说成是危险的对他是过誉了，告诉我你们指责他什么，女邻居或是管道工说的是无稽之谈，春天临近时某些人忧虑，他们要保养身体，一种有效的净化药和早起将有利于他们的身体健康，你们把科学当废话吗，你们是群无知的人。但小学教师也太过分了，他过于愤慨，人们开始确信他是主人的同谋，对我们的猜疑抱有如此兴趣，就是想让猜疑实体化，别那么笨。

这个阴冷宅子里一直无忧无虑的岁月，黑夜的幻觉让记忆的暗示荡然无存。

残缺不全的尸身，前裆血淋淋的。

当学徒爬上拖拉机检修的时候，他和他的老板似乎看见粪堆上有一大群乌鸦，看不清楚，不必担心，很平常的腐烂物，必须要尽快完成维修，后面得整天干活，现在是收获的季节，不能耽误农活，耕作工具坏了，对这个或那个耕作者来说，每天都是一桩难事，机器里有什么断了，头天晚上在防风灯下汗流浃背地尝试维修，但什么也没弄清楚什么也没看见反而使情况变得更严重，一大早就带着车辆去到机修工那里了。

仿佛编年史的这些时刻不计其数。

就在这一天早上邻居的大儿子来送鸭子，在没有见到任何人的情况下进了屋子后面的厨房，想弄清楚为什么他要待在那儿或甚至在客厅逗留，可以作各种假设，大家不太了解他，他不怎么说话，但从别人那儿得知，每天早上他去打短工的时候都要在房子周围看一看但只是路过，自从被他父亲从百叶窗缝发现后他就不再停留了，这应该是在冬季，房门紧闭，一切井然有序。

他钻进那个大部分时间都不关门的厨房，小路上几乎没人经过，也不必怀疑邻居们这些正直的人，女仆正在镇里采购，她十一点才会回来，就像座钟一样规律，主人在沼泽边散步，那人把鸭子放在桌上，几乎是下意识地打开抽屉，女仆在里面找零钱的时候他好像看到过什么，他找出几张发票，这完全不是他想要的，然后在夏日房里平静的气氛的驱使下钻进了厨房旁的餐厅，门敞开着，他径直朝主人存放文件的大壁橱的抽屉走去，打开它但什么也没有发现，也许是没有时间去搜寻，因为他从窗户看见医生从大门走过，他只来得及走出去，如果对方看见他，他会远远地从容不迫地大声告诉对方他把鸭子放在了厨房的桌上。

而孩子也目睹了杀鸭的过程，老妇人猛地打死鸭子，接着她拔去鸭毛，清除内脏，用火燎尽绒毛，再用绳子捆好后对小孩说，既然你在这里，把这东西拿给主人，你会有小费，我要去挤羊奶。小孩拿着死鸭子一直走到厨房，女仆不在那里，怎么办呢，他把东西放在窗上然后推开百叶窗，一个考虑周到的小孩。突然，在远处看不清并以为自己一直被大家偷窥

的医生喊道，是谁，谁在那儿。小家伙没有要
他的小费就跑掉了。

至于卖鸭人倒没什么反常，他很可能正驾
着他的小货车经过。而孤身一人的医生说，等
等女仆，她还在镇子里，来和我一块儿喝点儿
上等茴香酒，它能使你解除疲劳。这话对一个
司机说很不应该，但医生是他的同龄人，这么
多年过去他们依然没宣布戒酒，也没有将行驶
速度和酗酒的危害联系起来，因为他们速度并
不快，常常骑自行车而不是开车。骑车的人歪
歪扭扭地前进或是被自己的车链缠住了脚，没
有比这更可笑的了。这下人跌进沟渠里，他的
小拖车还在路上但是全空了，孩子们急急忙忙
逮蹼足鸟类，他们玩得很痛快，在那天回去吃
午饭时对他们的母亲说，春天阳光明媚，我们
看见了卖鸭人他又喝醉了，他的鸭子都倒在地
上而他掉进了沟渠里，我们把鸭子放进推车
中，而他又推着自行车上路了，他的老婆又要
揍他了。

看见他们在一起喝酒，小家伙走进厨房，
把死鸭子放在桌上然后打开抽屉，他看见女仆
在里面拿过零钱，他想给自己付小费，这就是
原因，但他并没有想到女仆知道里面有多少
钱，而且当她发现数目不对时便会产生怀疑，
不过为了一法郎她还不至于惶惶不安，小孩有

权利这样做，可是得稍微提醒他一下，下一次不要再自己动手。

从镇里回来的女仆径直打开抽屉，为了清空包里的零钱放进去，却发现发票乱了，她重新数了一下备用金，没有少一个子儿，却不见了一样东西，她不准备把这事儿告诉主人，怎么会想到一个孩子和这事有关，这不是那个把鸭子放在桌上的小孩，邻居的大儿子这时候也不在镇上，初春时分，播种的季节，他受雇在三十公里外的地方干两星期活，女仆会知道屠夫把鸭子交给工人并嘱咐他把它挂在厨房的窗子上而且别忘了打开挡风窗。

寂静。阴沉。在阴冷房间的桌边，他旁注了一句喃喃低语，什么也听不清楚，故事依然神秘，外部毫无破绽。

七点左右女仆走进阴暗的房间，她打开灯，他问城里有什么新鲜事，她回答说碰见了邮递员和他的妻子，还有他们的小女儿，他们闲聊了一会儿，邮递员脸色苍白，重病初愈，他妻子说他支气管有点发炎，还得当心，一位女顾客告诉她，那人可能会失去意识，随处倒下，上一次犯病很严重，以后他不能在沼泽边兜圈了，而且要比预期的提前退休。

因此第二天回想起这番谈话时，他对医生猜测的依据产生了怀疑，那具躯体，如果是一具尸体的话，前一天在粪堆上发现又在几分钟之后消失，那恐怕不会是只有在妻子的搀扶之下才能走出家门的邮递员吧。另一位回答说他从来就看不惯公务员，不止他这一个，这种事关健康的事情完全可以装出来，他的脸色和举止没留下什么可疑之处，医生的确是老了，眼力逐渐衰退。

如果这是弄虚作假，那妻子为什么还要尽量减少丈夫出现的场合，在他这种年龄气管炎也不至于非得退休。

因为事实上被主人发现的躯体或者尸体在几分钟后便消失了。被问话的女仆确信曾听见发动机的噪音而女牧羊人也是一样，不过她在粪堆上什么也没看见，尽管从旁边经过了。先生是否有注意到？他对远处的东西看不清楚，他也有可能搞错了，这是医生的意见但没有立即讲出来，一个双臂交叉的人偶的幻象，前一天晚上几乎搅得他心绪不宁，他们当时还为这事发笑。

邻居的孩子走近这具躯体，轻轻碰了一下肩膀然后跑去找他妈妈。

他蜷缩在扶手椅中，已经僵硬。

接着讲，医生说。

对方重新讲述死亡的故事并在里面添加了细节，有时很难同先前所述相吻合，但我们这里的逻辑让他自圆其说，不过有所保留，梦重铸一切，打乱次序，讲述者明天没有足够时间让叙述真实可信。

壁炉里烧着火，精致的瓷碟挂在墙上，烧酒瓶放在桌上，两个朋友沉溺于无休止的叙述之中，无论如何这样的倾听和这类的宠爱对健谈的人是一种意外的收获。他正说着从城里搬走的事，第一百次重复，他的计划的不确定性和那种毫无目的的寻找方式使他惊慌失措，等待了这些年，结果人们用手指着他，说他是专吃不乖的孩子的怪物。你相信有可能这样继续下去吗，我的这些回忆，很早以前你就以为我不再相信这些回忆，有什么好处，我们不如打理这个花园，你说一个俯瞰河流的露台怎么样，不在下面而是在谷仓后面建温室。医生又倒了一杯酒，对方提的这类问题已不能再引起他的兴趣，他知道其中说教的意味，但这个声音，音调的变化，推理微妙之处时有些醉酒，以及大量阴郁的乡间的形象继续吸引着他，应该说是抚慰着他吧，他开始打瞌睡了，友谊建立在相互欣赏之上而他对于说话者的欣赏没有减损。

要是友谊突然断掉了呢。最好是一起死去。他听见厨房里女仆在低声咕哝，她要撤掉茴香酒。一个小时十五分钟过去。这生活让人受不了。

他们吃完鸭子之后坐在露台上，喝过咖啡在春天阳光下昏昏欲睡，商人突然从大门出现，他穿过花园推销他的商品。您喝一小杯吧。对方请他坐下，他开始滔滔不绝地讲述关于路上幻影、模糊记忆、奇异感觉的故事，听不清楚，因而医生说道，注意你的肝脏，来让我看看，很奇怪，好像他刚才说过的那样……

当然相信这些巫术的事情是挺浅薄的，能有什么意思，然而事物之间产生了种种奇异的关系，或是更确切点，怎么说呢，不同寻常的关系，比如那只吃了自己崽子的母猫和管道里长出的蘑菇，有意思的是有人说大家在同一天在同样的词上磕巴。了解一下是哪些词也有意思的，但这些话人们已记不清了，记不清了，了解这些事件和主人的某些态度之间的关联也挺有意思，主人无可奈何，孤独让人溃败，激情难以名状，什么样的人才能和女仆还有那个愚蠢的医生一起生活。他好像在写回忆录，令人好奇。他在杂货店里要检查账单的时候失去了理智，他对人解释了三次拖拉机陷在沼泽地的泥潭里，三次或者四次，他不记得是在哪一天，是老板还是学徒来修理的，这辆拖拉机是不是邻居的，是在沼泽地还是在驯马场，总之让与他交谈的那个女人的脚趾在鞋里感到不舒服翻来倒去，她说当看见他进来时她恳请上天再来两三个人，这样就有借口不去听他说什么了，要是这种孤立能使他哑口无言就好了，可惜并非如此，她只能寄希望于他正好发作，至少可以使他没法开口，慈悲的做法。

在菜市场做菜农的女邻居说，星期天她和她丈夫还有变得古怪的女儿一起驾车出游，他们在城里和森林转了一大圈之后由一条小路回家，他们来到一个小村庄，有我们的两三个农场，在夜幕降临的时候，她清楚地看见女牧羊人打开窗子把一个药罐放在窗台上，他们停下车，让孩子有时间在篱笆后小便，就在这时一个不知从哪儿来的白色身影落了下来，伸手拿了罐子，然后就这样消失了，让你脊背发凉，母亲立即让裤子脱了一半的小姑娘上车，在黑夜中他们重新回到了镇子，车头灯和尾灯都不亮了，她的丈夫也不知道为什么，他才让机修工检查过照明设备。

而主人一直都是个骗子，他行动诡秘，从不介入任何人的生活，那些来看他的人，每次开的都是不同的车，总是在深夜离开，偶尔会在第二天离开，人们发现……或者有人说曾经……注意到他同女牧羊人关系最好，他无偿把自己的苜蓿给她喂羊。

因此表面一点也没有改变……

又一个盛夏，又一些陈年印象，多少年了，随着往日的思绪重新浮现，今天一切都无从知晓，昨日的幻象还在原处，这个季节不是延续上一个季节，而是与那个季节断裂后自我存续，于是一句昔日收获季节的悄悄话今晚再次讲出，或者去年的某个问题只能在下一季风信子花开时找到答案，怎样恢复镇定，谁刚说过话，谁刚闭上嘴，一路上从头到尾都无所适从，孩子般的脑袋上是衰老的面孔，嘴里仍在说我爱你而耳边却敲着丧钟。

而离开百叶窗窗缝的女牧羊人在昏暗中仿佛看见工人朝沼泽地方向跑去，她回到园圃附近寻找她的织衣针，手里提了一盏防风灯，她俯下身子看见路上有血迹，没有弄错，一辆汽车刚刚从驯马场的一角驶出，又改道冲镇子方向驶去，突然一声尖叫吓了她一跳，一只猫头鹰从谷仓飞出，可能是受了车头灯惊吓。这一切几乎是在一分钟内发生，怎么弄清楚是怎么回事。

这些片段有什么用处。

那天晚上确实是那个工人，邻居在今早喝咖啡时重新提起这事，他刚把打扫仓库和棚屋的任务托付给他，在工人的坚持下我们一直雇他做各种工作，这人并不坏，每个人都得生存，然而有些人拒绝雇他，邻居称他是小偷但这并不是关键所在，而是被戴绿帽的精彩故事，这事发生在他结婚之前，不过可以说就这么回事，尽管妻子从来都否认而且现在仍然否认，总之当人们发现奶牛死在牛栏里时，老板面对邻居感到局促不安，因为曾经相信那个工人，邻居说服了他，这就像对一头可怜的畜生复仇似的……

这些片段有什么用处。

人们又看见那人牵着小儿子的手，从人偶旁经过，孩子用手指着它，他们靠近了，父亲用手臂微微托起儿子并对他说，摸一下，你会发现它是用麦秆做的，孩子轻轻碰了一下人偶的肩膀然后开始叫嚷，工人在这时经过，两个男人聊了一分钟，听不清楚他们在说什么，小孩抬头看天，绕着灌木转悠，不是很放心。

昨天和明天的幻影。

此去经年是那些深刻的巨变。

破坏我们的建筑、我们辛苦垒高的麦秆堆。

人们又看见主人在桌前读着那本旧书，但夏天又回来了，能听见女仆低声咕哝她要撤掉茴香酒了，医生像一只老鸽子走在路上拖着步子，来吃午餐，一只鸭子，已经十一点半了，壁炉上的座钟慢了，水池里倒映着天上的云朵，难以辨认。接下来似乎该是午睡，露台花园的规划，然后是从城里搬来这住的事还有其他事情，他已经重复一百次了，每天晚上喝着同样的开胃酒……

当女仆询问那个声称主人不在自己充当守卫的邻居时，他回答说早上他一个人也没看见，相反在晚上有一辆敞篷汽车在拐角停了下来，里面出来一个人，可能是在篱笆后面小便，他没有看见他离开因为妻子叫他了，她有点不舒服不能挤羊奶，他必须替她做这事。但女仆打断他说抽屉里的信封是早上丢的，这一点她很肯定，就在她去镇上的这段时间，而这不是一个小孩能偷到的，当然，除非有人教他这样做，她突然有了这种想法，因此小孩也不能被排除。接着邻居说早上曾看见工人从谷仓出来，他想起来了。但女仆说他从未进过厨房，也并不知道抽屉里放着什么。

又一个冬季，僵硬的污泥，路面低洼处结了霜和冰，房子又空荡荡了，一切井然有序，守卫透过光秃秃的榆树林看见森林蓝色的边线、松树林、驯马场和拐角，黑夜虚幻的神秘消失殆尽，主人会来查看，他将坐在桌前反复回想他的回忆，外面夜幕已经降临，谷仓顶在月光和寒气之下闪闪发亮。

记忆的暗示荡然无存。

会有人发现，请不要打断我，清晨一具尸体躺在粪堆上，大约是五点钟，人们会想这就是主人吧，他开始喝酒了，这也不难理解，但没有这样推断的依据，周围有一些邻居和其他酒鬼，但这些事扎根在头脑之中，没有办法将其驱除，此外人们是谁，必须明确指出的是，为什么那是尸体，也许是几分钟或几小时后又能恢复健康的躯体，突然昏厥，不一定是醉酒，只是失去意识罢了。

但最为奇怪的是这种执念又给你们带来同样的画面，这些画面在几个月的时间内在一些人的对话中被提及，它们不愿再次被人遗忘，想使自己有血有肉，总之使自己变得生动而不再虚幻，但这得牺牲……

一种人们似乎不愿看到的而又清除了一切陈迹的新的现实，胜利，多么惨烈的大屠杀，仅仅给我们留下一张餐桌，一张消磨时间的写字台和一个女仆，她并不……但这并不是问题所在。

寂静。阴沉。

他工作的那间屋子我仍能看见，刷了石灰的内墙上到处是裂缝，旧而笨重的家具，大壁橱充当餐具柜，让女仆放置祖母辈传下来的碗碟，蓝色图案，上面是些栖息在正发芽的郁金香和兰花树枝上的飞禽，桌子被六把椅子环绕，一把破旧的安乐椅上覆盖着豹皮，壁炉正中摆放着坏了的座钟，从窗口望去是种着李子树和苔藓玫瑰的花园，多雨的春天，哀愁。

花园也一样，然而经历了不同的时期，换了模样，总而言之是多样的，而它变化的环境从不相同，这说明……

那天他从城里回来刚进屋，微蓝而寒冷的冬季，路上的污泥僵硬，乌鸦呱呱地飞来飞去。因为夜幕快要降临，他没有打开百叶窗，他给壁炉生了火，接着坐在桌前拿起旧书翻阅起来，任凭自己感到麻木趴在桌上睡着了。

邻居自称是守卫，却并不知道这话的含义，主人不在的时候便担任守卫的角色，进行着惯常的巡逻，百叶窗缝溢出一丝光线，但出于某一种不为人知的原因，他没有查看情况，而是回到最多一百米开外的家中，告诉妻子主人又回家检查了。

也许在同一天守卫或邻居的孩子放学回来，看见园圃旁的粪堆上躺着个尸体一样的东西，他凑近之后跑回家去。

很长一段时间里人们都认为他是昏过去了，他重新站了起来或更确切地说是从倒下的地方艰难地爬回自己的房间，此时从城里回来的女仆在等待医生到来期间给他进行了初步治疗，同时让小孩去找医生。

他在折叠式躺椅中昏昏欲睡，突然间被吓了一跳，他看了看周围发现那位让他心头突突跳的好医生正在长满苔藓玫瑰的小径上，过了一会儿他给医生讲述了他刚刚做的梦。消化不良，对方在粪堆上抱怨。聚集起来的邻居们说他是由于看见了灌木丛中的人偶而跌倒的，没有任何逻辑。卖鸭人在大门出现声称这足以在路上让人产生幻觉，潜意识深处很奇怪，为了解释或预测什么，人们可以做各种假设，极度自由，难道这不就是诗的境界。在落日温柔的阳光下，花园歇息了，森林的蓝色边线勾勒出天际，而女仆用装饰着鸟和郁金香的彩釉陶盘端来开胃酒，您好好喝一杯吧卖鸭先生。

当邮递员在拐角突然与女牧羊人和她的羊群不期而遇时，他只好刹车，那辆小摩托车却失去了控制，他和所有待分发的信件一起跌进了沟渠，之后他对邻居说这是老太太搞的鬼，正常情况下不可能看不见女牧羊人和那些肮脏的四足动物，她像魔鬼一样显现，我给您讲那些巫术的故事并不是无稽之谈，她在黄昏时分熬着汤药，昨天有人似乎看见她把罐子放在窗台上，然后有一个白色的东西从屋檐坠落，但怎么相信一个糊涂的邮递员呢，他喝多了，就这样。

突然间……

但他继续巡视每个谷仓、干草房和小屋，必须密切注视目前在这个地区的流浪汉，他们从哪儿来，我觉得是城里来的小流氓，不用多想了，他们有偷猎甚至抢劫的习惯，一个有组织的团伙，这就是今天的青年，报复与暴力，那天他们不是还在离杂货店两步远的地方袭击邮递员，夺走他的公文包和羊皮上衣然后消失在街角了吗。

转弯，再转，回来。

当女仆端出开胃酒的时候，卖鸭人正说起驾驶敞篷车的观光者，我先是在镇子里看到他，接着是在驯马场，然后是在离这儿两步远的通往沼泽的土路上，我在想他这是在精心策划什么，在附近转悠了三天，没有同任何人讲过话，除了向服务生点了一杯茴香酒，难道你不认为在这种情况下应该报告宪兵吗，他是不是间谍或别的什么，有人说这段时间他在这个地方不怀好意地转来转去，但不管怎样这不关我的事，他突然混乱地补充了这么一句，脑袋里闪过一个念头，主人可以从他的言语联想到人们对接待某些游客的看法，每次各不相同的汽车，天知道主人在做些什么不正当的买卖。

粪堆上是血红的东西，学徒走上前去看见一块红布，他抬起头来发现人偶已经散架，帽子跌落在地，裤子里的麦秆露出来，他把假人取下勉强修好了。

一块红色的东西，好像是肉，那些乌鸦又

回来了。

一路走一路嘀咕的老妇人向驯马场走去。

突然间整个地区变了样，草地和道路遍布尸体。

在短短的一周陷入了世界末日之中。

厨房里老妇人坐在炉火旁看着汤。铁锅，挂锅铁钩，发黑的炉台，烤架和火钳。桌上摆了三副餐具。老头儿从田里回来一声不吭地坐下。他们的孙子放学回来又带着狗出去玩了，一只腿很短的猎犬，孩子用糖或饼干作诱饵逗它跳起。风轻轻掠过榆树和庭院边斜坡上的草丛，让滴落到木桶上的细流曲折起来，水龙头没拧紧。人们看见用铁栅栏围上的菜园伸出鸢尾、牡丹、一簇簇树叶和一秆秆菜豆。

突然间整个地区变了样，草地和道路上遍布尸体，工人带着一副骸骨从沼泽地回来，抱着怀里的一捆，他小心翼翼地朝前走，为的是把东西完完整整交给正站在门口守候的主人。

她吃完饭后收拾桌子，让孩子和老头儿都睡下，夜幕降临，风停了，静止的榆树上一团白色的东西远远望去像是一副镂空而肮脏的骸骨，老妇人往罐子里泡了些新采的茎叶，夜幕降临，一只乌鸦停在静止的榆树上栖息，然后收拾桌子，让孩子和老头儿都睡下，工人带着一捆东西到了主人的家，她把罐子放在窗台上，那团白色的东西从屋顶坠落……

把泡好的东西放在窗台上，黑夜已经来临，主人在星空下胡思乱想，突然一团白乎乎的、有孔洞的、易碎的，远远望去像是骸骨的东西从邻居的屋顶滑落下来，落在被暴风雨刮得只剩树干的灌木上，敞篷车的车头灯照亮了它，突然间学徒走了出来……

深入编排的黑夜。

医生本来会在傍晚出门往主人家走去，但为了一个未知的理由改道去了驯马场，他陷入了孤独之中，黑夜已经来临，蟋蟀在草丛中鸣叫，天边突然出现一片被称为热闪的光亮，蓦地他看见几米远的地上有个佝偻的身影，走近发现原来是女牧羊人，她说她在找一根织毛线的针，确实她正借手电筒的光在地上找来找去。

接着这女人会说她碰见的不是医生而是工人，他从邻居家出来，邻居家的奶牛在牛圈里病了，近来疫情流行，他必须宰杀这些牲畜。

老妇人在夜里回来没引起注意，她再次出门的唯一借口就是去找织毛线的针，长夜漫漫，没有手工活怎么办，但工人在沼泽地看见过她，她待在一片篱笆后面，监视着四周……然后她在返回途中碰见学徒正在把人偶重新放到灌木上。

或者说，这个流行病的故事是卖鸭人杜撰

的，他想卖掉他的货物于是在这个地区到处散播谣言，人们有些愚蠢竟相信他的谎言。

女仆打开灯，把文件推到一边摆好餐具。

无休无止的罪行，好几年前在这个阴冷房间里就开始了，无声无息，主人不在，眼睛四处张望耳朵高度戒备。

坐在桌前俯身于那本旧书之上旁注一个空洞的句子，这个句子自会在合适的时间出现，女仆突然闯进来，在黑夜里这样待着是什么规矩？她打开灯，他把手电筒藏在外套下面，手电筒的光在书上来回移动，有人透过百叶窗缝看见了。

然后用几个小时来反复回想那些片段，他的回忆录上只剩下了点点墨渍和乱涂乱画的痕迹，从别处搬来这里生活。

榆树林或松树林里遍布残骸，闪闪发光，万籁俱寂，散落，解体，无法修复，书摊开在那张老照片上，坏了的座钟，极度的混乱，失控的话语如同责难，他为梦魇所缠，他将只能用写作叙述，用文字呼吸。

大约是在此时卖鸭人出现在大门门口，到了晚上，主人冷静下来，他让那人坐下并让他喋喋不休倾诉他的烦恼，医生对他说注意你的肝脏，让我检查检查。

墨渍和涂鸦。

另外的主题在神经紊乱时浮现。旁注。

工人从谷仓出来的时候可能是八点半，夜幕降临，黄昏最后一丝光芒，森林的边线几近黑色，露台上冷冷清清，房子的百叶窗全部关着，人们听见沼泽边传来的蛙鸣，在这种季节里这一天算热了。

这郁闷的、毫无生气的一年。

某些人脑中未被察觉的过去，似乎会发挥作用，启动机械。

到达驯马场后老妇人把马扎放在草地上然后就开始织毛线，她的羊群咩咩叫着摇摇晃晃地在甜菜地里嬉戏，猎犬咬咬它们的腿弯取乐，这时工人在拐角出现，他走向老妇人，远远指着布满残骸的树林，后者点点头，重新数了针脚，此时敞篷车突然在对面出现。

一个颠沛流离的故事尚未结束，主人称之为出走，隐约的伤痛，这种一代又一代的逃亡，火车站上和即将出发的列车里的血腥或滑稽可笑的插曲，从只言片语中可以察觉他无法治愈的愤懑，这草率堆积着行李的原始的土地，到处可见怯弱和妥协，源源不断的哆嗦，病人的懊悔，小丑式的忏悔使你们对知心话也失去了兴趣。

颠沛流离的列车上的母亲。

喃喃的低语在沉默和打嗝之间时断时续。

事情的起因不得而知。

另外的主题在神经紊乱时浮现，同养子有关系。

医生在等待。

突然，人偶让主人吓了一跳。

你知道吗，他说，我们是合伙人，阿尔弗雷德和我，我是说罗道尔夫，对于我不熟悉的事务我是无能为力的，只好让他无耻地操纵和争斗，结果随着时间的推移，组合最终解体，就像它缔结时那样，这事已经有些年头了。

一种新的现实。

你知道吗，他说，我同这孩子一直住在一起，他能有多大，十五岁左右，对我来说他永远都是养子，体魄和精神都很脆弱，他母亲不知道该怎么去养育他而托付给我们，我们也不知道，我们让他去做一些简单工作，他总是出错。

但那个时代并不比现在更好，因此我客观地说看不到未来。

至于要了解我是什么样的父亲，最好还是不说为妙，可以说是监护人或是不太容易损坏的手杖吧，但组合得不是很好，我们在这儿与世隔绝，日子就这样过去，太阳每天升起，类似……日子过得单调枯燥，在没有日历和激情的情况下什么也没发生，我们在这所房子里没有任何故事，只有风穿过瓦片……

　　大约几年以前阿尔弗雷德或罗道尔夫就已经对我不感兴趣了，示意我离开，他在死前会清算我们现在这种境况，这同样也使我想起曾经的困窘，尤其是在睡梦中出现一些片断的回忆，一连串伤脑筋的烦心事，有理由说这是一种在一百年后也不会被人提及的无聊事。

　　因为我的确一个人很好，我只是在吃饭时间才见见养子，他继续像过去那样设套捕捉老鼠和雏鸡，我听不到他起床和睡觉的声音，他应该是住在谷仓里，我不好去问，但我找不到其他地方可以安置他，除非他更喜欢沟渠、灌木丛或者粪堆，有时他身上散发出臭味，我也不好说他，我只要求一件事，在星期六洗一次盆浴，那时我就用肥皂给他洗盆浴，用刷子把他的皮肤都要刷破了，这对他没有坏处。

　　工人刚刚路过。

　　我只要求一件事，每个星期六或差不多时候我亲自用肥皂给他洗盆浴，没有日历或激情，我有时会搞错，我在那些时候感到不那么孤独，他的肌肤在我手下，用肥皂从头到尾给他擦洗一遍，可能更多是尾部，说实话这与其说是一门苦差事还不如说是一种乐趣，如果我急于减缓孤独，我会每周用肥皂给他洗两次盆浴，把我的计算错误归咎于没有日历。

我只要求一件事，每当他身上发臭的时候我就亲自用肥皂给他洗盆浴，这是常事，我告诉自己必须留心，你永远不知道在我们这样的境况之中他的尾部藏了什么，我们在这所房子及其附属建筑例如他也许睡过的谷仓之中过着与世隔绝的生活。

没有日历也没有激情。

一种我原本希望或情有独钟的前所未有的境况，某种东西，如天上掉下的云雀，或送上门来的骏马，我只管接受而不进行鉴别。

一幢房子及其附属建筑，与世隔绝，我藏匿于此，只有白痴才会像云雀那样落入这儿，我没有管他，任凭他住进谷仓或干草房，我对他没有任何权利，却突然有了不找自来的义务，我陷入了一种没有结果的令人不知所措的境况之中。

总之是这种境况。

不了解养父或者说是养子的行事规范刚开始还真让我感到棘手，我得考虑当他身上发臭的时候要不要用肥皂给他洗盆浴，是否该问他想住在哪儿，他以前的情况或者说是我的情况我记不太清楚了，与爱德华或罗道尔夫的不负责任的组合，几年里我不知想些什么，我将日历一页页撕下。

他从别处搬来这里生活。

我觉得毫无激情。

我以前的情况已记不太清楚，那是指这种组合形成之前的情况，本可以启发我意识到当时的责任，但必须同睡梦状态抗争，这种状态还可以称之为什么呢，睡梦之中似乎与我们的情况无关的种种回忆重新浮现于我的脑际，我把自己置于一种怎样的麻烦之中，不过对于那傻瓜的存在我并不怀疑。

其他的消遣如观察蝴蝶或给草地除草之类，没错我们除过草，一平方米范围内的植物的种类真是多得令人难以置信，我试着记住它们的名字然后灌输给我的被监护人。

与这种睡梦状态抗衡。

消遣让我开心或是打嗝，因此我表面上将自己同罗道尔夫联系在一起，小事至关重要，他可能看见我坐在餐桌前或是穿过花园为访客开门。

因为我曾非常喜欢访客，或者所谓的访客，罗道尔夫对我的关注可以给我强烈的暗示，将我引上想象之路，让我在女厨或邮递员这样上帝善良的造物面前微笑或打嗝，对于这个深爱我的罗道尔夫我感激不尽，我是说爱德华，他多么温柔，所有这些是因为我们生活中渗出的无聊是那样的浓密，以至于我们看不清两米以外的地方，在这样的迷雾中很容易把女厨和邮递员混为一谈，只要再来一个客人，你瞧对我们就是厚待，这并不意味我只是在下人面前才打嗝，这只是一个例子。

每天早上我醒来的时候，那傻子已经站在庭院里四处张望，衣服还没穿好，他的头发挡在脸上，远远望去有几分潇洒，这是年轻人的潇洒，他的眼睛近看会吸引所有的注意力，带着一种忧伤，这个弱智在虚幻的天堂或是地狱里，所有人都一样，我对此非常了解，有些地方我们无法涉足，我也一无所知，这种同情的需要会扭曲我对于他人的所有观念，他有双弱智的眼睛，就是这样，眼距太开而且不能直视同一方向，这证明我关于天堂的故事毫无价值，按照比率，左眼和右眼会各有一个天堂。

啊不，我并不会缺乏善心，但安宁或许只有在告别了我过去的境况之时才能获得，当我同那个孩子单独相处的时候我是否还会期望最终找回这份安宁，不，绝对不会，我怎么能把安宁同我所陷入的困境混淆，除非这就是安宁，这就是善心的孪生姐妹。

两种低速运转的机械结构。

我看着这个傻子在庭院里嬉戏，他在堆沙子，突然我看见他折断一只手臂或一条腿，或一只耳朵掉在地上，我立刻叫他对我微笑，面对破碎的碗碟我一筹莫展，但哪天他不再对我

63

微笑这一切不都结束了吗，不再期望我留在身边，不再想要他的浴缸，他走了，去寻找新的阳光，新的养父和新的沙堆。

我们有理由说这是一百年后也不会提及的无聊事。

就像这个可怜的雷蒙死前强留给我这个傻子的时候所说的那样，充实你的生活，你要担忧他的前途，给他洗盆浴，还有那些他没来得及吃完的果酱，我在说雷蒙，我需要在葬礼之后把果酱回炉一下，我们几年后还在吃。想象一下曾经的欢乐，我不得不从头讲起，孩子想知道，这是我们花园里的李子，我们和埃德蒙一起摘的，我们还买了口铁锅。但在果酱正咕嘟咕嘟冒泡时他就这样死了，我沮丧到没法煮完果酱，我洗碗时也反复回想我们一起吃果酱时的欢乐，我说的是果酱，我听到他，我是说罗道尔夫耐心地给孩子重复这是我们花园里的李子，你在听我讲吗，你还记不记得和兰那尔叔叔一起摘李子，我在说我自己，我和你一起去买的那口大铁锅，莫莫尔夫叔叔用它来熬果酱，如果他今天还活着的话会和我们一起吃的，然后由于反复回想葬礼的情景恶心得把果酱吐了出来，酷热，汁液丰富的水果里有种墓地的味道，躺在床上的可怜的叔叔好像在眨眼，这一类的事情，所有这些要我说一百年之

64

后人们也不会提及，果酱算什么，死亡又算什么，一切都将随着那些岁月逝去。

噢不，善心。

至于家务事，洗碗碟或擦浴缸，我可以凑合做做，人们叫做脑子的东西也在做保存的任务，多少回忆重新浮现重构当时的场景，如果没有这些回忆就会危险地陷入睡梦之中，如此而来剥豆荚可以提高我的判断力让我能在傻子遇到危险时及时出现，时断时续的片段绕着弯将我渐渐引向我们一起经历的日子，引向傻子跌下楼梯或吞食海绵的确切时间，如果没有这些琐事我恐怕会感到遗憾。

没有日历也没有激情。

此外也不是不再有人前来造访，我从来都很喜欢访客，不过要隔很久才会有人来，那将是我们两人的节日。我灵敏的感觉会让我在准确的时刻回望河谷，从尽头那里，几公里远处，驾着汽车或骑着自行车或步行的访客从森林中出来，毫无疑问是为我们而来。我们待在露台上看他前进，隔着这段距离他像只蚂蚁。我说，是个访客，你瞧对我们真是厚待，他会是谁呢。道路弯弯曲曲，这里是一片小树林，那边是一堵旧墙，访客走近了，孩子问访客是什么，我又从头讲起，那是开着汽车或是骑着自行车或是走路来看我们的人，为什么来看我们，因为眼睛需要记录下开心的事儿，什么是心，哦心，孩子，心就是……但他会是谁，访客走近了，这是辆敞篷汽车。

一辆老式敞篷车，我们在露台上从头讲起，一年算什么，几年了，我一直注视着访客，眼睛从一个拐角跟到另一个拐角，我准备好要说的话，还有一把折叠式帆布躺椅，很快到了最后一个拐角，一百多米，五十多米，敞篷车即将停下，车停下，访客下车来。

一年中我们会三次陷入这种狂热。

我们准备了糖浆，一把帆布躺椅，寒暄的词句，洁净的双手和欢迎的微笑。

回忆起一些片段，再说到莫莫尔夫，赞颂我们的瓦片，我们的果酱和我们的葬礼。

这个半傻的幸运儿正在将碗碟摔碎或清洗自己身体的尾部。

然而傻子有时会迷失在树林里，我摇着铃出去找寻他，他跑过来好像我才是迷途羔羊，他常去的地方似乎就是容易找到他的地方。

然而访客喝糖浆时想起了莫莫尔夫，他听说此人很善良，怎么搞的他竟然对此人的死讯一无所知，简直难以置信。为了证明我拿来一个我们曾经一起品尝过的罐头。

我需要有善心，重复这一点，不要说我在拐角胡闹或打瞌睡，并非如此，一种无意的错误或许会把我的人生引入歧途，对语句的爱好或许会虚构出孩子和访客，哪怕他们并不在森林的出口处，而我心不在焉地走着心里反复在想莫莫尔夫的遗产，这一大堆麻烦事他都无可奈何地遗留给我……或者他们没有出现在树林里而是出现在我的睡梦中，后来他们的形象变得清晰起来，他们要求分一份遗产，似乎可怜的阿尔弗雷德眨了眨眼就已料到我会当众受辱，便用三罐果酱标出了我行进的路线。

在沉默和打嗝之间时断时续。

我们去镇子里购买食品，沿着黑刺李树篱笆间的捷径走着，孩子摘了些苜蓿花束，而我像个老奶妈重复着苜蓿是什么，想象着有朝一日他恢复了理智，把我和购物袋一同扔掉。如同在其他方面一样在这一点上我错了，我的善意就像睡醒后眼角的眼屎一样，我的生命没有足够的时间来清除它。这样的忧伤。我们到了杂货店买了些糖果，我让他吃着，同时想着要是某一天他离开了我，我会在这些货架之间游荡，最后泡进酒吧忘却自己为什么来到这里，如果这也算是一种爱的话，我会抛却这份爱的，没错就这样，如此这般我们就不会每天都把果酱熬坏。

因此我买完东西之后在人行道上找到了傻子，他已经吃完糖果，我们向酒吧走去……

因此当我喝完我的茴香酒后又要了一杯，为了再次沉浸于以前没有莫莫尔夫也没有孩子的境况中去……服务生问我，兰那尔先生，你怎么了？

而从以前的种种境况来看或许可以称为幸福吧，菜筐里装着三个土豆，傻子紧跟在身后，但是某些东西告诉我……

会过去的，服务生重复道，会过去的，兰那尔先生。

不过没有日历也没有激情……

因为罗道尔夫也会来吧台前忘却，他的上午都是这样过去的，对此我视而不见，他的遗产让我感到很不轻松，我们每日都在酒杯里追查他的烦忧。

然而在一个我们没有等待任何人的晚上，罗道尔夫的一个朋友来看他，此人并不知道他的死讯。简直难以置信，他那么善良。我不断重复问你来是为了什么，总之喝点什么吧，我们闲聊着，看见傻子在远处夕阳下显露出身影，一种温馨的感觉，想到已经失去的种种境况，或许可以称为幸福吧。事事都乏味，每放一个屁都有完成任务的感觉，远景是日本屏风式样没有透视的风景画，古老的乐园，旧船载着我们就像载着一群考试失败伤心的小学生。

我们的谈话似乎并不愉快，但夜晚还是结

束了，您还是喝点什么吧，他想找傻子了解情况，您要知道他睡在谷仓里，而您，爱德华先生，您将在我简朴的住所里过夜，机会难得，不，他期待已久。

我和傻子都乐于将这类短暂的拜访延续下去，如果这人留下来，我们在第二天上午就会精心照料他。给我们说说你的妻子和女儿吧，他回答说他的女儿去舞会了，是一个光彩照人的尤物，至于他的妻子，她还没有成功地让他从属于伤心人的日式乐园中摆脱出来，他羞怯地向我们承认这一点。

后来我们肩并肩在草地上除草，枯燥乏味的操作给了我机会重复首蓿是什么，菊苣是什么，直至盆浴时间或邮递员到来，但已不再有邮递员了。我反复思考尚处于萌芽时期的死亡憧憬，仿佛此时这种胆怯的孤独已经支配了过去，因为我并不总是单独一人，我和埃德蒙一起合作就是明证，我们创造过这样的情景：晚上我有时会回想起一颗要重新缝上的扣子或是要消除的一种疑惑，我追根寻源，一丝不苟，有条不紊，但通常是他把我撵走。直到某一天我不再有幸博得他的欢心，这就是我在拔草时意识到的结果，这样的困境让人头晕目眩，但同时也制造了诸多境况。在天黑前很长一段时间里我仍在详细地讲述过去，没有人加以制止，仿佛我对傻子的爱让距离增加了十倍，感情强烈到对方只是一道影子，一只在路上渐渐远去的蚂蚁进入了森林……一副高倍望远镜，我最后一丝眷念要消失了，快，一副望远镜。

没错，早上他起床之后在院子里闲逛，头发挡住了脸，颇有几分潇洒，我眼里是他面对云彩时的激动，鼻子里是他身上牲畜棚的味道，耳朵里是他说话的声音，让我对白痴和日式的乐园有了更深的理解，种种无望境况中的哀愁。

我反复思考的时刻。

低速运转的机械结构。

这种境况之中的不幸，被境况延伸直到死亡将至，忘掉所有虚荣，所有礼仪，每天走一小段接近日式天堂，站在山巅，呆立不动，或在桥下看河水滚滚，三道久不消散的细浪。

他将肥皂递给我，我的手触摸到了他的尾部，傻子开始兴奋起来。

哎，我对客人说，您想不想看看。我把他领到水房去，现在是盆浴时间，傻子脱去衣服便开始洗澡。我引诱爱德华先生，您将看到您想看的东西，今晚为了解闷，让傻子勃起。白费力气，第三者的到来惊扰了他，我们不得不放弃。

可悲的天性。

长久以来，我们仍然没有找到一句话，能让我们摆脱天性，一句包罗万象的话，我们会从早上吃饱肚子后就说这句话，直到晚上日头西沉，嘴里嚼着食物时还在重复，不再需要睡眠和娱乐，一句滋生养性的劝慰话，它是万灵丹，在草地除草时，在替别人清洗尾部时都会说起，它可以充饥，可以止渴，字字闪光，直到那天……

　　那一天傻子像天使般出现在没有透视的风景画中，他明亮的眼睛终于落在了同一个物体上，他那抹了发膏的头发，他那做工精良的蓝色牛仔裤，天空的优雅，他将向我们重复这句突然间打开通向其他一个个乐园的一道道门的话语，我们会从一个乐园通向另一个乐园……

　　这个句子。

　　还没有找到。

　　你知道吗，他说，还没有找到。

　　旁注。

　　人偶躺在地上，主人靠近，轻轻碰了一下肩膀，蓝色牛仔裤，应该把它重新放回灌木上，没有勇气，假人在粪堆上等待着，无尽的绝望，只在梦中出现，他在哪个谷仓睡觉，被钉在附近所有的树上。不再有倦意，从卧室到厨房他一直反复想着那句会拯救他的话。白费力气，只好任自身沉沦，黑夜已经来临，雨滴敲打着庭院的石子路面。

蜷缩在扶手椅里的他已经僵硬。

你知道吗，他说，爱如果真是这样的话我将不再需要。

思想上有一丝瑕疵就会死亡。

这里没有日历。

傻子大概是在早上出去的，他没有来喝咖啡，女邻居似乎在松林上游的河岸边看见过他，她在那儿干什么呢，距离她平时的路线很远，主人没有反应，孩子应该在钓欧鲌，前一天晚上看见他在鱼线上安了鱼钩，他通常是和工人一起或是单独出去，待上几个小时但很少超过中午，他肚子会饿的。

不再时断时续地回忆眼睛的颜色或动作，孩子将会只是一个影子，一只远去的蚂蚁。

他大概是早上出去的，女牧羊人在松树林旁好像见过他，但医生倒了杯酒说……

此去经年是种种深刻的巨变。

他大概是早上出去的，昨天看见他在鱼线上安了钓鱼钩，工人说女牧羊人似乎在上游的松树林看见过他，她在那儿干什么，主人没有反应，在露台上喝着开胃酒，这时女仆突然说先生可以用餐了。过时的客套话使医生感到好笑，他接着问她是谁动了人偶。但她也不知道，厨房的窗户是朝另一边开的。

他一小时左右之后就要回来，跑遍了附近地区，从清晨出发，在树林、驯马场、沟渠、矮木丛搜索了几个小时，只剩下沼泽地了，他看见傻子陷入泥潭，只露出胸膛、脑袋和一只手……

不可能，他随时会回来，他肚子会饿得难受。

但画面需要有血有肉，傻子陷入泥潭，主人跑过来，他只剩下头和一只手，主人紧紧抓住那只手用力拉他，靠在布满鸟骸的树上。直到上午医生看他烧退了，根据病人的要求重新阅读了回忆录，逐字记录下的悲剧事件。孩子在床边，他马上就要洗盆浴，你看，他说，真的我不需要。

外部毫无破绽。

转弯，再转，回来。

深入编排的夜晚。

这是访客离开之后的夜晚，傻子去睡觉了，主人在卧室和厨房间徘徊，他听见屋外的蛙鸣，天空断断续续出现热闪，朝向花园的窗户开着，一切井然有序，那时房门从不关闭，只是居住没有别的计划，幸福，事事平淡无味却有温情……在卧室和厨房间徘徊，我又看见他了，带着几分潇洒，双眼闪烁着冷峻和探索的光芒，他一个人演戏似的滔滔不绝地说话，之后立即停止，照照镜子，像打嗝一样收住，奇怪的人物，人们只知道他对傻子有过眷恋，后来医生的友谊也逐渐淡漠，机器里有东西断了，他们曾在某一天一起尝到过真正的快乐吗？突然门口出现了一具前裆血淋淋的尸体，主人后退倒在床上，女牧羊人走近碰了一下他的肩膀，他们来辨认尸体，而医生在一个字一个字地再读那句喃喃低语。

间隔半个词。

得去除瑕疵的画面。

他想使用油锯，偷了邻居家的，启动后机器失去控制，傻子的一次错误操作造成了可怕的伤口，血都快流干了。他倒在了粪堆上，手捂住小腹。家里没有一个人，女仆去镇里采购，而主人在沼泽边散步。将近一点钟人们才会发现他在灌木下发出嘶哑的喘气声，孩子带着鸭子在树林兜圈时会看见昏迷的伤者和一摊鲜红的血，血流了一地，他跑回去告诉母亲，母亲来到确认这具躯体已没了生气。

我还看见这个女人靠近尸体，手里拿着防风灯，她弯下腰，轻轻碰了一下尸体的肩膀，然后抬起头看向灌木上双手交叉的人偶，灯光从下方照亮破旧的蓝色牛仔裤，一块红布坠落，她马上捡起来，她的大儿子好歹将红布草草放回原处，他们去通知主人，然后抬起尸体送进房间，他们把尸体放在床上，他已经僵硬，女仆忙着去煮咖啡，主人靠着壁炉呜咽，而医生……

继续叙述葬礼，已经重复一百次了，主题是父爱或是一种模棱两可的滋味，谈不上糟糕，但是心绪纷乱，多喝一点儿茴香酒会使人不知不觉变得消沉，哦是的，天性使然，我们曾听过用肥皂洗盆浴的故事的各个版本，这次血淋淋的伤口为故事增加了刺激性，人偶的绝望，空前的失败，总而言之惹人遐想。

于是医生朝尸体俯下身去轻啄一般从伤口处取出一个带血的东西，他说了段行话，动了动下颌骨，咂着舌头，又埋头于伤口处，拿出来尚未受损的手稿，真是个奇迹，他戴上圆框眼镜重新阅读对方觉得苦涩的句子，我们的猛禽正在行动，那具可怜的尸体只剩下颅骨和一只紧握领圣体者手链的手。这种疲倦的形象给人一种刺痛感。愉快的沉沦时光，那时我们还年轻。总之还是要回到那个在黄昏时分举着稻草假人前行的人，云彩上的飞羽沾上了油渍，不祥之兆。

带来鸭子的小孩在树林兜了一圈，他看见傻子正在取下人偶就跑了过去，他们把人偶运到了谷仓旁放在凹槽里。我还看见用作腰带的红色的破布片，磨破的蓝色牛仔裤，四分五裂的外套挂在支架上。夜幕突然降临，分辨不清周围的一切，麦秆守卫足以吓退行人。接着孩子回到放死鸭子的灌木下，并把鸭子带给了女仆，女仆从抽屉里拿了两个硬币，拿去，你的小费，她把鸭子放入冰箱。

一个带血的东西。

故事本该于这一时刻之前早早开始，但出于谨慎和小心，情节分散，一切都巧妙地展开，结果怎样，无滋无味的片段，多种多样的令人疲惫的颠沛流离的过程……

闭上喃喃低语的嘴巴。

医生从壁橱拿出蓝色牛仔裤和红布来制作人偶，他钉好木条，接着将麦秆聚拢装填进挂在架上的破旧衣服里，此时椋鸟群正在毁坏樱桃林，花园正在规划，访客和朋友来时没有一丝阴凉……

随后都被删去。

主人继续阅读。

一些百合科植物倚墙生长，封闭的小花园中毒草丛生，她坐在一把长凳上，毛线活放在膝盖上，她没有睡，盯着那边的井出神，羊群使她想起了时间，她一下站起身子，整理过围裙，步履蹒跚地赶着羊群上了小路，猎犬在麦田里蹦跳。

一个人趁着老妇人不在溜进了厨房，他打

开壁橱、餐具柜，往床下面瞧了瞧，折回来，翻一个箱子，这时外面的猫叫了起来，擅入者吓了一跳，花园里没有人，他沿着墙出去，消失了。

主人继续阅读。

他从灌木后出来，向我们走来，他按住披在头上的红布。我们看见血一直沿着鬓角流下来，他倒在了露台上。

他从房子一角阴冷的房间出来，手里拿着本红皮精装书，坐到一把椅子上，他开始颤抖，提前换季了，榆树上没有了叶子，凛冽的北风猛地吹入庭院，他对着谷仓发呆，几个小时过去，夜幕降临，听到已不在人世的医生的呼唤他惊跳起来，心不在焉地不断重复同样的事情。

他用手抹着额头，说道，我曾见他拿着这个红色的东西走过来，远远向我们致意，经过水池的小路时看了看左右两侧森林之神和仙女的半身塑像，然后消失在柑橘林后面，接着又出现在这里，他没想到会遇见医生，后来他什么也想不起来了。不过我在那里，他重复着，我们喝着茴香酒，我只是看见掉在地上的破布和沾满污泥的靴子，我从沼泽地回来，大家正无微不至地照顾躺着的人，穿过阴冷的房间把他放在床上，他奄奄一息。你努力回想一下……他回答，可能是的，其他的细节，我要再看一下，桌上的台灯，是的，壁炉上的座钟，门……

晚上到花园里去，计算走到井边共多少步，向相反的方向重复路程，然后改道向栅栏矮墙走去，再走四或五米就是灌木丛，在月光下，人偶可能会吓你一跳，他被塞满了麦秆、邻居的上衣和裤子、工人的大盖帽和那块已经掉下来的红丝巾，孩子证实道，他想把它重新放回去但个子太小反而让这个假人摔倒了，现在它在粪堆上。

思想上有一丝瑕疵就会死亡。

夜里起床，开灯，所有的百叶窗都是关上的，座钟吓了他一跳，有人从后门刚刚进入厨房，墙上有一块红斑，他屏住呼吸往前，是邻居的孩子，把他的钱包忘在了抽屉里，你吓到我了，主人说，但小家伙已经走远。他在房间踱步，邻居们刚刚出去，咖啡在壶里又冷了，他坐在扶手椅里回想葬礼的闹剧，透过百叶窗缝观察到人偶突然倒在了粪堆中，傻子或卖鸭人的尸体，工人的大盖帽，鸟嘴，被小折刀一下切断的鸟的胸骨，他把头埋进双手，座钟吓了他一跳。

或者拂晓在遍布鸟骸的树林忘却这个梦，他听见羊群的叫声，突然孩子消失在沼泽地，有人傻笑，他转过身子，喷泉的回声……

夜里起床，计算走到厨房共多少步，孩子看到了杀戮的一幕，小腹上的洞有一个清晰的轮廓。

夜里起床，在记事本上记录逐渐消失的画面，一些片断，问题重重的过去，老妇人没牙的嘴，钟面，两根织毛线的针……座钟吓了他一跳，正在远去的医生，隔着一段距离的蚂蚁，昔日的访客，早晨头发挡住脸的傻子，森林蓝色的边线，没完没了的茴香酒，群鸦乱窜，一阵昏厥，接着一切归于虚无，夜幕降临。

寂静。阴沉。在桌上做着记录。外面是四季笼罩的重重迷雾。我们又回到沼泽地，不见了上吊的树。老妇人几乎没有离开她的火堆。一些东西没有声响，一些人在睡觉，还有什么呢。镜框饰有小花的医生像在眨着眼睛，女仆出去采购……

接着他重新立下遗嘱。

我在阴冷房间里签字，毒芹，坏了的座钟；我在沼泽地签字，山羊或鸟骨；我在道路拐角、在主人的花园签字，会巫术的老妇人，死者的守卫，森林之神，假人，乘着因为邪眼而偏离目的地的小货车，被所谓的意识捉弄的对象，没有任何人；我在午夜在白天签字，烦乱不安，年老的猫头鹰、喜鹊或乌鸦……

夜里起床，又打开记事本，重立遗嘱，烦乱不安，开门，跨过门槛，一边等待一边胡思乱想：那个老牧羊女在拂晓消失在树林中，一身灰色，跛着脚，守卫去睡了。天快亮了，粉色和蓝色，一个清晨，回到阴冷的房间，弄坏座钟，疯狂的行为，季节更替，又一个黑夜。

至于守卫，他已经在谷仓隐蔽的角落打起瞌睡，人们看见他坐着，头朝前栽，拂晓会将他摇醒，睡梦中的老牧羊人，她的羊抖动身体而她消失在拐角，天快亮了，人们重新睁开眼睛，噩梦将尽，人们将在白天把噩梦漏掉的一针又一针补回来，到了晚上又深陷其中直到第二天拂晓，一身灰色，跛着脚，她那些炭黑色和灰白色的羊，狮头羊身龙尾的怪物。

我，死者的守卫签字，在岔路口，在记事本里如此灰暗的边界，在显露我们这个地区不幸的榆树顶端，净是石头；我在粪堆上，在羊圈里，在拂晓，在黄昏签字，要走在时钟之前走在一堆破方法破诀窍之前……

接下来指定财产，用这样的方式……

他的存在像是脱节一样。

镜框饰有小花的医生。

在十月或十一月的一天早上，榆树叶已经落光，葡萄也收获完毕，甜菜和南瓜塞满了庭院。医生出现在露台，他的帽子落在身旁的草地上。他发现正在腐烂的花丛中间有一座雕像从基座上脱落。再往前走是以前的正门，少了一扇，另一扇也破败不堪。小货车停在门前，一个男子从车上下来，他假装向前走，然而又改变了主意，绕过栅栏矮墙。主人从房子后面出现，他是从厨房出来的。他端着一个看上去有点重的托盘，上面一堆东西，看不清楚。从河面升起的雾迅速蔓延开来，什么也看不见。人们听见医生说你坐下，还听到沼泽地这个词，拐角这个词，但很快就变得模糊，只有从邻居那边传来斧头剁在砧板上的声音，后来这声音也消失了。

直至夜幕降临。

几个小时前坐在桌边的人被发现死在粪堆上，一个守卫守候着只见过一面的死者，也许是在一个阴冷的日子，他走近百叶窗，清楚地看见那人弄坏座钟然后精疲力竭倒在椅子里，肘靠在桌上，头埋在手中。

1968 年于斯朗西